AF284019

Die Autorin Irene Hülsermann

„Meine Eltern kommen aus Oberfranken, ich bin 1960 im Allgäu geboren, in Oberbayern aufgewachsen und lebe nun mit meiner Familie in Bayrisch Schwaben."

Nach ihrer Ausbildung zur Erzieherin, arbeitete sie in einer Boutique in München. Im Anschluss an ihre Rückkehr aus Rom, wo sie zwei Jahre lebte, arbeitete sie in einem Büro einer Computerfirma und in einem Autohaus. In Donauwörth machte sie ihr Hobby zum Beruf und unterrichtete 20 Jahre Italienisch.

2014 hat sie ihr erstes Kurzgeschichtenbuch „Sehnsucht nach Rom und Heimweh nach Bayern." veröffentlicht. Im Jahr 2017 folgte ihr Roman „Reise Ihres Lebens", beides spielt in Italien. Mittlerweile widmet sie sich nun auch beruflich dem Schreiben: Sie schreibt Beiträge für den Kulturteil der Donauwörther Zeitung und diversen anderen Magazinen.

Sie ist Mitbegründerin des Autorenclubs Donau-Ries.

„Ich bin verheiratet, wir haben einen Sohn und eine Tochter. Unser Kater Jack ergänzt die Familie."

Die Geschichten sind aus dem Leben gegriffen. Die Eine ist nach wahrer Begebenheit, die Andere erfunden. Darum - Ähnlichkeiten mit Lebenden sind rein zufällig oder genehmigt.

Glück sieht jeder anders

Kurzgeschichten

Bibliografische Information der Deutschen Nationalbibliothek:
Die Deutsche Nationalbibliothek verzeichnet diese Publikation in der Deutschen Nationalbibliografie; detaillierte bibliografische Daten sind im Internet über http://dnb.dnb.de abrufbar

1. Auflage 2018

Herstellung und Verlag:
BoD - Books on Demand, Norderstedt

Umschlaggestaltung:
© ShellFellow ArtWorks, Germany

ISBN 978-3-752-85518-0

Danke …

… an meine Familie, die pausenlos hinter mir steht und mir zeigt, dass es sich lohnt weiter zu schreiben.

… an die Freunde und Leseverrückten, die mir gesagt oder geschrieben haben, dass ihnen meine Bücher sehr gut gefallen. Sie sind der Antrieb meines Schaffens.

Das Leben ist wie eine
Wundertüte:
Spannend, überraschend,
manchmal enttäuschend,
aber immer wieder
einzigartig!

Orangerot
eine Blumenwiese,
Neubeginn und Erneuerung,
auf eine einfache Weise.
Frühlingsgefühle

Blau
der Wasserfall,
reißend und beruhigend,
bringt mich zum Träumen.
Urlaubsfreude

Gelb
die Sonne,
wärmend und hell,
erleuchtet sie meine Gedanken.
Sommerlaune

Grün
der Wald,
moosig und kühl,
ich fühl mich geborgen.
Wanderlust

Ranunkel, Liebe und ein Neuanfang

Sie konnte es nicht fassen. Schon wieder war eine Ranunkel an ihre Autoscheibe geklemmt. Das leuchtende Orange ihrer Lieblingsblume konnte sie von weitem erkennen. Sie wollte endlich wissen, wer ihr heimlicher Verehrer war. Vielleicht konnte er ja ihre neue Liebe werden. Aber war sie nach dem letzten Dilemma mit Uwe denn schon wieder für einen Neuanfang bereit?

Mit Uwe war sie vier Jahre zusammen gewesen. Nach dem letzten Streit hatte sie ihn endgültig vor die Tür gesetzt. Vor einer gefühlten Ewigkeit war er bei ihr eingezogen. Rückblickend war der Streit lächerlich gewesen. Sie hatte mittlerweile schon vergessen, worum es gegangen war. Manchmal vermisste sie ihn. Sie schüttelte den Kopf. Nein, es war endgültig vorbei!

Sie dachte nach. Genauso würde sie es machen. Ihr Plan war gut. Obwohl sie früh aufstehen nicht mochte, stellte sie sich den Wecker für fünf Uhr, um sich in den Hauseingang zu stellen. So, dass man sie nicht sah, sie aber ihr rotes Auto im Blickfeld hatte. Aber welche Enttäuschung: Leuchtete da nicht schon etwas Gelbes?

Tatsache, eine gelbe Ranunkel lehnte an der Windschutzscheibe. Um wie viel Uhr, um Gottes Willen, kam ihr Verehrer denn schon an?

Also beschloss sie, sich am nächsten Tag eine Stunde früher auf die Lauer zu legen. Die Ernüchterung kam beim Hinausgehen. Sie sah schon von einiger Distanz das leuchtende Rot hinter dem Scheibenwischer.

„Ruhig, entspann dich", redete sie auf sich selber ein.

Am darauffolgenden Morgen klingelte der Radiowecker um zwei Uhr. Sie hatte gerade einmal vier Stunden geschlafen. Schlaftrunken zog sie den dicken Pullover über den Pyjama und torkelte vors Haus. Da sah sie ihn.

Es war Uwe, der drei Ranunkel in roter, gelber und oranger Farbe in der Hand hielt und sie verlegen ansah.

Das Vergessen

Er konnte nicht mehr. Nein, er könnte noch lange, er wollte nicht mehr. Er würde mit dem Auto gegen einen Baum fahren. Verflucht, wo hatte er seinen Autoschlüssel hingetan.

Was suchte er denn jetzt schon wieder?

„Der macht mich wahnsinnig", dachte sie und seufzte. So hatte sie sich ihren Lebensabend nicht vorgestellt. Ihre Gedanken schweiften zurück. Ihr Leben war nicht problemlos verlaufen.

Als der Zweite Weltkrieg ausbrach, war sie fünf. Die Trennung von ihrem Vater fiel ihr schwer. Sechs Jahre war er fort, im Krieg und in der Gefangenschaft. Halt fand sie bei ihrer Zwillingsschwester. Mit ihr vermochte sie über alles zu reden. Ihre Schwester war ihr so ähnlich, nicht nur äußerlich, sondern auch innerlich, aber mutiger war sie. Warum auch immer, sie war einfach ein bisschen lebhafter, offener und frecher.

Möglicherweise steckte der Schlüssel ja im Auto. Wenn er jetzt hinaus ginge, würde sie ihn wieder abfangen und fragen, wo er hinwolle. Als ob er ein kleines Kind wäre. Verdammt, er war 85, hatte so viel erlebt und gemeistert.

Mit sechzehn war er in den Zweiten Weltkrieg gegangen, nach acht Jahren heimgekehrt. Dann kam die schönste Zeit in seinem Leben. Er war Sänger und Trompetenspieler in der Tanzkapelle „Pik 7", die weit über die Dorfgrenzen hinaus bekannt und ständig ausgebucht war. Die Mädchen lagen ihnen zu Füßen.

Dann hatte sie ihn kennengelernt. Sie war mit ihrer Schwester beim sonntäglichen Tanzkaffee. Alle Mädels himmelten ihn an. Seine blonden Haare, die sonnengebräunte Haut und die blitzblauen Augen. Aber schon nach kurzer Zeit hatte er nur Blicke für sie. Sie fühlte sich geschmeichelt.

Eine fiel ihm besonders auf, sie sah so schüchtern aus mit ihren rehbraunen Augen. Und wenn sie lächelte … Er nahm sich vor, sie in der Pause anzusprechen.

Sie seufzte erneut, diesmal aber, weil die Erinnerung so schön und traurig zugleich war: Ihre Schwester hatte die Idee, ihn ein bisschen zu veralbern. Sie zögerte, ließ sich aber überreden. Und so kam es dann, dass er abwechselnd mit ihr und ihrer Schwester tanzte, ohne es zu merken.

Er wunderte sich, weil sie einmal so spröde war und dann wieder so anschmiegsam. Aber genau das reizte ihn. Er bestand darauf, sie unbedingt wiederzusehen. Irgendwann erfuhr er von dem „doppelten Lottchen" und lachte schallend. In der Zwischenzeit hatte er sich sowieso schon entschieden.

Das er sich ausgerechnet für sie ent-schieden hatte. Sie war glücklich, ahnte nicht, wie anstrengend ihr Leben verlaufen würde. Beruflich bedingt zogen sie von ihrer Heimat fort. Innerhalb von fünf Jahren bekamen sie vier Kinder. Ohne große Hilfe zog sie diese auf. Ihre Schwester kam manchmal und half. Ihr Mann war beruflich häufig unterwegs. Und wie vielen anderen Familien in jener Zeit, mangelte es vor allen am Geld. Fremde Län-der sehen und verreisen, das waren Fremd-worte. Ihre Eltern sah sie, wenn möglich, ein-mal im Jahr. Und so vergingen die Jahre.

Wo waren nur all die Jahre geblieben? Er rechnete wieder mal nach. Er hatte Probleme damit. Manchmal wusste er gar nichts mehr. Dann erinnerte er sich noch nicht einmal mehr an die Namen seiner vier Kinder. Heute, heute war er klar im Kopf. Er, der nie ernsthaft erkrankt gewesen war, nur sehr selten im Krankenhaus versorgt werden musste, den je-der wesentlich jünger geschätzt hatte, ahnte, dass sein Gehirn nicht mehr richtig arbeitete.

Die Krankheit dieser Zeit hatte auch ihn befallen. Lange sträubte er sich vor den Tatsachen. Vergesslichkeit gehörte zum Altern doch dazu.

Als ihr Schwiegervater erkrankte, holten sie ihn zu sich. Hingebungsvoll pflegte sie ihn, bis er erlöst wurde. Dann wurden die eigenen Eltern gebrechlich. Ihre Schwester und sie wechselten sich mit der Pflege ab. Am Anfang in deren Wohnung, 200 Kilometer entfernt. Als ihre Mutter starb, holte sie ihren Vater und ihren behinderten Bruder zu sich. Ein lieber Kerl, der das Down Syndrom hatte. Sie liebte ihn über alles.

Als Kind hatte sie es gehasst, wenn ihre Mitmenschen sie mit mitleidigen oder verachtenden Blicken beobachteten. Damals war es nicht leicht, mit einem behinderten Menschen in die Öffentlichkeit zu gehen. Da es keine behindertengerechten Einrichtungen gab, besuchte er sogar vier Jahre die Regelschule.

Der betreuende Arzt sagte immer, dass ihr Bruder für seine Krankheit sehr intelligent sei. Er hatte ein ausgesprochen gutes Gedächtnis und eine Leidenschaft für Fußball. Er konnte alle Fußball-vereine und sämtliche relevanten Daten zu allen möglichen Spielen auswendig aufsagen.

Wie er diese Tage des Erinnerns hasste. Er wusste, sie würden schnell wieder vergehen und dann wäre zum wiederholten Male fast alles weg. Er konnte die mitleidigen Blicke seiner Familie und Freunde nicht ausstehen, wenn er sich nicht erinnerte. Sie glaubten, er merke es nicht.

Er fing an zu weinen. Da hörte er, dass sie zu ihm kam. Schnell wischte er die Tränen weg. Er wollte doch immer noch der starke Mann an ihrer Seite sein. Stets hatte er sich um die Familie gekümmert und wünschte sich, dass es ihnen an nichts fehle. Sein Einkommen war ordentlich, wenn auch es bei einem so großen Hausstand trotzdem nur zum Nötigsten reichte. Urlaub hatten sie sich erst im Alter leisten können. Italien war sein Lieblingsland. Er liebte es zutiefst. Vermutlich lag es daran, dass er im Krieg und in der Gefangenschaft in Rom und der Toskana gelebt hatte. Seine Frau liebte dieses Land mit ihrer großartigen Kultur und den warmherzigen Menschen genauso.

Als ihr Vater gestorben war, blieb ihr Bruder vierzehn Jahre bei ihnen. Und endlich vermochten sie es, auf Reisen zu gehen, vorzugsweise in ihr Lieblingsland. Sie konnte einfach nicht genug davon bekommen. Leise summte sie ein Lied von ihrem Lieblingskomponisten Puccini vor sich hin. Was hatten sie alles bereist! Rom, Venedig, Florenz, die Toskana und oft waren sie in einem Bungalow am Gardasee. Sie seufzte wieder einmal. Ob sie es nochmal in ihrem Leben schaffen würde, dort hinzukommen? Rückblickend war dies offenbar die entspannteste Zeit, obwohl sie selber schon viele Jahre erkrankt war und ein Krankenhausaufenthalt dem anderen folgte. Gut, dass ihr Mann sie bei der Betreuung des Bruders unterstütze.

„Oh, mir ist wieder so übel", dachte er. „Warum hilft mir denn keiner?" Ein Stöhnen entwich ihm. Nach einer Weile kam eine alte Frau herein und er sprach sie an:

„Wissen Sie, wo meine Lore ist?"

„Aber ich bin`s doch, deine Lore."

„Sie? Aber das ist nicht möglich. Sie sind nicht meine liebe Lore. Sie sind alt!" Entsetzt starrte er sie an.

Sie ist geschockt und verwirrt. Sie versucht ihre Tränen zurückzuhalten. Das waren die schlimmsten Momente, wenn er sie nicht mehr erkannte. Das ewige Gejammer, seine ständige Übelkeit, die endlosen Fragen, die immer wieder alten Geschichten, die er erzählte, alles war ertragbar, aber nicht das. Es klingelte an der Tür. Sie öffnete und ihre Tochter kam herein. Kurz schilderte sie ihr das eben Erlebte.

Daraufhin trat diese zu ihrem Vater ins Zimmer.

„Aber da bist du ja, mein Rehlein!" Er strahlte übers ganze Gesicht.

Er flüsterte ihr zu: „Die alte Frau hat behauptet, sie wäre du." Die Tochter nahm ihren Vater in den Arm und streichelte ihm über die Wange: „Ist schon in Ordnung!"

Dann geschah das Unerwartete. Ihre Zwillingsschwester erkrankte an Alzheimer. Als deren Sohn die Pflege nicht mehr schaffte, er ist LKW-Fahrer, nahm sie ganz selbstverständlich die Pflegebedürftige auf. Nur gut, dass sie in einem Haus lebten, wenigstens gab es genug Platz für alle.

Die Pflege des Bruders und der Schwester brachte sie oft an den Rand ihrer Kräfte. Sie war froh, dass sie drei Töchter hatte, die ihr zur Seite standen. Der Bruder wurde bettlägerig. Die Schwester weinte zunehmend, immer dann, wenn sie sich erinnerte. Und sie hatte sich in den Kopf gesetzt, wegzulaufen. Es wurde nötig, immer besser auf sie aufzupassen und die Türen zu verschließen.

Die Kinder redeten mit ihr. Sie solle den schwer pflegebedürftigen Bruder in ein Pflegeheim abgeben. Sie wehrte sich dagegen. Sie habe ihrer Mutter am Totenbett ver-

sprochen, sich um ihn zu kümmern. Aber trotz der Unterstützung der Töchter funktionierte es eines Tages nicht mehr. Schweren Herzens willigte sie schließlich ein und ihr Bruder wurde in das nahegelegene Pflegeheim verlegt.

Er war glücklich, alle waren da, um mit ihm seinen Geburtstag zu feiern: die Kinder, Schwiegersöhne, Enkel und Enkelinnen. Er strahlte und er erzählte, alte Geschichten aus dem Krieg und aus der Zeit, als er ein Sänger war. Daran erinnerte er sich mühelos. Und er gab wieder sein Talent zum Besten. Er sang und jodelte. Er fühlte sich glücklich.

Dann kam der Tag, an dem sie auch noch ihre Schwester in ein Pflegeheim geben sollte. Sie weinte. Sie verstand ja, dass sie es nicht mehr schaffte. Aber es waren doch ihre Geschwister.

Das Laufen wurde mehr und mehr zur Qual, ihre Beine immer dicker. Elefantenbeine nannte man das umgangssprachlich. Das Treppensteigen fiel ihr besonders schwer. Sie war froh, dass sie ihren Mann und ihre Kinder hatte.

Aber nun sorgte sie sich um ihren Gatten. Kontinuierlich vergaß er die einfachsten Dinge. Vom Einkaufen kam er immer häufiger nach Hause und hatte das meiste nicht besorgt.

Er suchte erneut sein Auto, er schaffte es sogar vor die Tür. Aber da stand es nicht. Erbost trat er wieder hinein und fragte. Seine Frau schaute verlegen zu Boden und suchte nach den passenden Worten. Die Tochter reagierte: „Aber du weißt doch, dass es in der Autowerkstatt ist."

Er stutze, vermochte sich nicht daran zu erinnern:„Hab ich anscheinend vergessen. Wann ist es fertig?"

„Die rufen an."

„Mmh, okay", und mit diesen Worten trat er wieder hinaus in den Garten und legte sich auf die Liege an seinen Lieblingsplatz.

Die Abstände wurden immer kürzer, die Pflege zunehmend schwieriger. Er jammerte mehr und mehr, fragte ständig dieselben Dinge. Manchmal hielt sie es nicht mehr aus und wurde ungeduldig. Hinterher tat es ihr leid.

Er verstand es schlicht nicht, wo nur sein Auto war. Er wollte doch in die Stadt fahren, in seine Lieblingseisdiele.

Er war schon lange nicht mehr dort. Wie hieß die noch einmal? Er ärgerte sich und maulte herum. Er suchte Streit. Er fragte wieder nach dem Auto.

„So, nun lauf ich zur Werkstatt und hol es ab!", verkündete er. Seine Frau wurde blass. Sie rief die Tochter an, die so schnell wie möglich kam und ihn beruhigte.

Wann hatten sie es gemerkt? Als sein Auto zunehmend Beulen bekam? Er, der sein Auto immer gepflegt und gehegt hatte, der fast 60 Jahre unfallfrei gefahren war. Er behauptete, er hätte das Auto so im Parkhaus vorgefunden und schimpfte auf die Autofahrer, die Fahrerflucht begingen. Oder war es, als die Telefonrechnungen beträchtlich höher wurden, da er irgendwelche Nummern aus der TV-Werbung angerufen hatte. Er, der immer sparsam gewesen war und gewissenhaft seine Unterlagen in Ordnung gehalten hatte.

Im Radio spielten sie die alten, bekannten Schlager. „… du hast so wunderschöne, braune Augen, wenn du mich anschaust, werd ich schwach …!" Gut gelaunt sang er mit. Sie kam ins Zimmer, erstaunt blieb sie stehen. Er packte sie an den Hüften und wirbelte sie herum. Fast wäre sie gestolpert. Erst möchte sie schimpfen. Doch dann lässt sie sich von der Welle seiner Zärtlichkeit mitreißen. Er sang ihr ins Ohr. Ihr Lieblingslied. Schwungvoll führte er sie durch das enge Wohnzimmer. Plötzlich hatte sie keine Schwierigkeiten mehr mit ihren Beinen. Sie fühlte sich so leicht und er strahlte sie an. Glück vermochte so simpel zu sein. Er flüsterte ihr ins Ohr:

„Rehlein, du bist immer noch so schön!"

Es gab immer noch gute Tage. Wenn er aufstand und sie anstrahlte, wusste sie, dass es ein angenehmer Tag werden würde und sie freute sich darauf. Dann gab sie sich extra Mühe mit dem Frühstück. Sie setzte sich zu ihm an den Tisch und erzählte ihm von den gemeinsamen Jahren. Er brachte sie dann immer zum Lachen. Er vermochte so witzig und charmant zu sein.

Seit einiger Zeit verbrachte er einen Tag in der Woche bei einer Tagespflege. Es tat ihm sichtlich gut unter anderen Menschen zu sein. Erst weigerte er sich.

„Ich kenn da ja keinen!" Aber mittlerweile freute er sich auf die Abwechslung. Die Damen waren in der Überzahl und er genoss es, im Mittelpunkt zu stehen. Sie riefen ihm immer zu: „Sing doch ein Lied!" Und selbst die netten Pflegerinnen standen dann bei ihm und hörten den vorgetragenen Schlagern zu.

Wenn er dann am Abend heimkehrte, war seine Lore so freundlich. Mit dem sympathischen Fahrer verstand er sich sehr gut. Er saß immer bei ihm vorne auf dem Beifahrersitz. Und dann unterhielten sie sich leidenschaftlich über schnelle Autos.

Ihr tat der Tag gut, wenn er bei der Tagespflege war. Dann konnte sie ein wenig herunterfahren und einmal nur an sich denken. Das sie es nicht schon eher arrangiert hatte. Aber sie wusste ja lange nicht, dass es solche Möglichkeiten gab.

Er plauderte mit dem Fahrer und merkte nicht dessen Anspannung. Dann ging alles blitzschnell. Der Fahrer riss das Lenkrad nach rechts und fuhr beinahe ungebremst in den Acker. Erst wusste er gar nicht, warum dieser dorthin lenkte. Aber dann bemerkte er die ineinander verkeilten Fahrzeuge auf der Straße. Der Fahrer war total verstört und rief nur ständig.

„Sind sie in Ordnung, tut ihnen etwas weh?"

Sie flogen ihn nach dem Unfall mit einem Rettungshubschrauber ins Krankenhaus. Er war vollkommen klar im Kopf. Sie fragten ihn, ob er Schmerzen hätte. Aber er fühlte sich gut. Er dachte nur immer, nun bin ich 87 Jahre alt und hatte den ersten Autounfall meines Lebens.

Als der Anruf aus dem Krankenhaus kam, erschrak sie sehr. Erst wusste sie gar nicht, was sie tun sollte und blieb einfach nur auf dem Küchenstuhl sitzen. Irgendwann rief sie ihre Kinder an.

Er hatte einige Rippen gebrochen, sonst fehlte ihm augenscheinlich nichts. Die Ärzte versetzten ihn trotzdem in einen künstlichen Schlaf. Doch es ging ihm immer schlechter. Die Organe fielen nach und nach aus. Die Mediziner sprachen von einer Schockreaktion.

Sie verabschiedete sich von ihm, genauso wie ihre Kinder, Schwiegersöhne und Enkelkinder. Es fiel ihr schwer. Man steckt nicht 57 Jahre Ehe einfach so weg. Auch wenn der Verstand sagt, es ist besser so für ihn. Er fehlte ihr.

Sie betrat das Wohnzimmer und legte die CD mit den alten deutschen Schlagern ein. Dann drehte sie sich langsam im Kreis, leise summend mit einem Lächeln auf dem Gesicht.

Der Morgen, der alles veränderte

Immer schon hatte ich gesagt: „Im nächsten Leben bin ich ein Mann!" Wusste ich doch nicht, dass dieser so dahin gesagte Satz eines Tages Realität werden würde.

Aber von Anfang an: Als ich heute Morgen aufwachte, spürte ich sofort, dass etwas anders war. Da fehlte etwas.

Ich erschrak: Meine Brüste waren nicht mehr da!

Ich tastete erneut nach ihnen und dachte dabei angestrengt nach: ‚Hatte ich eine OP, an die ich mich nicht mehr erinnerte?' Aber ich sah keine verdächtigen Narben auf meinem Oberkörper.

Ich schlug die Decke zurück und sprang aus dem Bett.

Vor dem Spiegel fielen mir fast die Augen aus dem Kopf. Mein Spiegelbild zeigte mir - unfassbar - einen Mann im besten Alter!

Ich trat zurück, rieb mir die Augen, setzte meine Brille auf und was sah ich? Einen, ich muss zugeben, attraktiven Mann! Verwundert setzte ich mich aufs Bett zurück.

„Irene, du musst nachdenken", sagte ich halblaut zu mir.

„Also Alkohol getrunken hatte ich gestern Abend nicht. Vielleicht träume ich noch!", und bei diesen Worten zwickte ich mir in den Arm: „Aua", rief ich laut.

Also auch das war eine Fehlanzeige.

„Ich mach mir erstmal einen doppelten Espresso, dann fällt mir gewiss ein, was gestern Nacht passiert ist."

Nach zwei doppelten Espressi war ich immer noch nicht schlauer.

„So, jetzt ist es passiert", dachte ich mir. „Irgendetwas oder Irgendjemand hat deinen dummen Wunsch erfüllt und nun musst du schauen, wie du damit klar kommst."

Erstmal wollte ich mich mit meinem neuen Körper anfreunden und ging ins Bad. Zu meinem Spiegelbild sagte ich: „Schade, dass tolle neue Kleid, dass ich gestern gekauft habe, werde ich erst einmal nicht anziehen können", und schlüpfte in Jeans und T-Shirt. Die Hose war am Bund zu weit, kein Wunder mein Bäuchlein war verschwunden, dafür war mein Beinkleid zu kurz. Oh, endlich ein Gardemaß.

„Juhu, ich bin kein Zwergerl mehr", rief ich mit großer Begeisterung. Mit dem T-Shirt hatte ich mehr Glück, was vorne wegfiel, war nun an den Schultern mehr geworden.

Trotz allem, ein Blick in den Spiegel. Gar nicht mal so übel, was mir da so entgegen schaute.

„Könnte mich glatt in mich selber verlieben", grinste ich mein Spiegelbild an.

Ich setzte mich in den Garten und überlegte mir, wie ich meiner Familie und den Freunden erklären sollte, was passiert war.

Mein Mann käme erst am Wochenende heim, meine Tochter ist mit der Schule für ein paar Tag verreist. Arbeitskollegen hatte ich nicht, ich arbeite freiberuflich zu Hause. Deshalb blieben mir genau drei Tage, um mein Leben zu organisieren.

Ich bekam Hunger. Erstmal zum Metzger und ein gescheites Steak holen. Mal schauen, ob die mich erkennen?

Wieder zu Hause ging ich ans Werk. Ich machte mir eine „To Do"-Liste. Neue Kleidung brauchte ich erstmal. Sollte ich einen Arzt konsultieren? Ne, lieber nicht, der hält mich für verrückt.

Ich bekam abrupt Sehnsucht nach meinem Mann. Oje, was würde der sagen? Plötzlich begann ich heftig zu weinen. Was war das? Männer heulen doch nicht! Aber ich konnte mich einfach nicht beruhigen. Nach der dritten Packung Taschentücher schluchzte ich immer mehr. Ich kam mir auf einmal so nichtig und mickrig vor, trotz körperlicher Größe.

Just in diesem Moment klingelte das Telefon und mein Schatz war am Apparat: „Warum hast du so eine komische Stimme?", fragte er mich.

„Ich bin etwas erkältet", log ich ihn an.

„Ach so, dann schau, dass du wieder auf die Beine kommst. Du weißt ja, wir besuchen am Wochenende das Musical in Nördlingen."

„Ach, bis dahin bin ich wieder fit."

Oje, wie sollte ich mit meinem neuen Männerkörper das neue schicke Kleid anziehen, dass mir mein Schatz zum Geburtstag geschenkt hatte. Am liebsten hätte ich gleich wieder geflennt. Ich musste mich zusammenreißen, wenigstens solange mein Mann am Telefon war.

Nach dem Gespräch hatte ich mich wieder einigermaßen im Griff und hatte Lust mich mit einer Shoppingtour zu belohnen. Dann siegte aber die Vernunft. Ich würde mir erstmal ein paar Kleidungsstücke meines Mannes ausleihen. Wer weiß, ob der Spuk morgen nicht schon wieder vorbei wäre.

Doch leider war dem nicht so. Am nächsten Morgen tastete ich ganz vorsichtig meinen Körper ab. Mist, zwischen den Beinen war immer noch etwas, was da nicht hingehörte. Komisch!

Apropos, ich konnte mich nach wie vor nicht daran gewöhnen. Wie hielten die Männer das nur aus? Mir war das *Ding* immer im Weg. Außer wenn ich mal musste. Das fand ich dann schon ausgesprochen praktisch. Und mit Absicht pinkelte ich im Stehen. Bei meinem Spaziergang am nächsten Morgen probierte ich sogar einen Baum aus. Muss man schon sagen - im hohem Maße praktisch, beneidenswert praktisch!

Lektion 1: Im Stehen seinen Bedürfnissen freien Lauf lassen ist ausgesprochen angenehm!

Ich seufzte, denn diese Annehmlichkeit änderte nichts an meiner verqueren Situation. Ich war bisher keinen Schritt weitergekommen.

Nur noch zwei Tage! Meine Gedanken wirbelten durcheinander: Schönheitsoperation, langer Kuraufenthalt, Flucht! Keine Idee war annähernd akzeptabel.

Also von vorne. Wie sollte mein zukünftiges Leben aussehen.

The worst case: Ich würde ein Mann bleiben! Würde mein Schatz dann bei mir verweilen, mit mir eine Homo-Ehe führen? Kaum vorstellbar. Und unsere beiden Kinder? Die Mutter plötzlich ein Mann. Und die Freunde und Bekannten? Nein, ich musste fliehen. Dieser Gedanke manifestierte sich immer stärker in meinem Kopf.

Flucht - die einzige Lösung aus der Misere. Irgendwo anders ein neues Leben beginnen. Und schon wieder liefen die Tränen. Und ich dachte immer, Männer wären so cool und unnahbar.

Lektion 2: Männer haben starke Gefühle, auch wenn sie es nicht immer zeigen.

Der Tag endete und keinen Schritt weiter gekommen! Mit diesem Gedanken schlief ich erschöpft ein.

Die Hoffnung stirbt bekanntlich zuletzt. Folglich tastete ich am nächsten Morgen und … wurde enttäuscht. Mist! Ich setzte mich auf die Terrasse, trank einen Espresso und war froh, dass die Nachbarn verreist waren. Die hätten sonst meinem Schatz verklickert, dass ich einen Liebhaber habe.

In meinen Kopf festigte sich der Gedanke: Flucht! Erstmal schrieb ich an meinen Mann und unsere Kinder lange Abschiedsbriefe. Wohlweislich verschwieg ich den wahren Grund der Abreise. Obwohl ich über allerlei Phantasie verfügte, gelangen mir die Briefe nicht überzeugend. Lag das daran, dass ich ein Mann war? Hatten Männer weniger Phantasie oder konnten sie schlechter lügen als Frauen? Die zerknüllten Briefe zierten gemeinsam mit unzähligen benutzten Taschentüchern unseren Wohnzimmerboden. Mit jeder Zeile wurde mir bewusster, wie gerne ich wieder eine Frau wäre.

Ich seufzte abermals: „Ich blöde Kuh, hab' mich beschwert, dass alles auf meinen Schultern lasten würde. Was gäbe ich dafür, wenn ich wieder ‚Frau' sein dürfte, mit allem, was dazu gehört: eine engagierte und liebevolle Mutter und Ehefrau, eine sexy und begehrenswerte Geliebte, eine ordentliche Köchin und Putzfrau, eine ausgezeichnete Managerin, eine lustige Taxifahrerin, eine

Gärtnerin mit grünem Daumen, eine einwandfreie Gesellschafterin, eine perfekte Krankenschwester, eine fürsorgliche Altenpflegerin, eine Finanzministerin, eine hilfreiche und stets zuhörende Ratgeberin und Freundin."

Es klingelte an der Tür und meine neugierige Nachbarin von gegenüber stand vor der Tür.

„Ist die Irene nicht da?"

„Ähm, nein, ähm!", stammelte ich.

„Und wer sind sie?", fragte sie mit unverschämten Unterton.

„Ähm, ich bin Irenes Bruder", stotterte ich.

„Ach, der Bruder aus Spanien. Das ist ja nett!" Ich konnte sie gerade noch davon abhalten ins Haus einzutreten. Uff, das war knapp.

Ich beschloss, erstmal zu packen. Ich war ehrlich gesagt nicht in der Stimmung Abschiedsbriefe zu schreiben. Dann fuhr ich zur Bank und hob etwas Geld ab. Vorsichtshalber packte ich den Goldschmuck ein. Man konnte ja nie wissen, was noch kam und Schmuck würde ich in meinem Leben sowieso nie mehr tragen. Trauer überkam mich.

Keine großen Ohrringe mehr!

Lektion 3: Männer würden sich vielleicht auch gerne mal mit größeren Gehänge schmücken!

Voller Manneskraft und Tatendrang sprang ich am nächsten Morgen aus dem Bett. Ich fühlte mich sauwohl. Ein Blick in den Spiegel. Perfekt! Ich zog mich schnell an, denn ich wollte heute nach Augsburg fahren. Bei strahlendem Sonnenschein öffnete ich das Verdeck meines Fiat 500 und fuhr damit in Richtung Süden. Die Mädels in den anderen Fahrzeugen flirteten an der roten Ampel mit mir. Was für ein Hochgefühl! Ich genoss sichtlich diese Avancen.

In der Maximilianstraße steuerte ich das erste Café an. Schon nach kurzer Zeit setzte sich eine überaus attraktive Blondine zu mir an den Tisch. Schnell wurde mir klar, welche Ziele sie verfolgte. Das Gespräch war äußerst amüsant. Als sie mir dann aber doch zu arg auf die Pelle rückte, zückte ich das Foto meines Schatzes und erklärte ihr unsere Beziehung. Bedauernd schüttelte sie den Kopf: „War ja sowas von klar. Die schönsten Männer sind immer schwul!"

Lektion 4: Männer mögen es, wenn Frauen sie begehren und dies zeigen!

Leider ging der Tag viel zu schnell zu Ende. Aber eines ist mir klar geworden. Ich würde nicht fliehen. Ich plante, mich den Tatsachen zu stellen. Und wenn mich mein Schatz aus vollstem Herzen liebte, dann würde er mir auch beistehen. Davon war ich nun vollkommen überzeugt. Aber ein bisserl Bammel hatte ich schon vor dem morgigen Tag der Wahrheit.

Vorsichtshalber trank ich mir am Abend etwas Mut zu, etwas zu viel!

Am nächsten Morgen erwachte ich mit einem Schädel, der zu platzen drohte. Auch das noch. Mit schlurfendem Schritt schleppte ich mich ins Bad und wollte im Stehen pinkeln. Doch zu meinem Entsetzen lief alles an den Beinen hinab. Was war das denn? Ich schaute nach unten - da fehlte was!

Ich rieb mir die Augen. Es war weg, das *Ding* war weg! Instinktiv fasste ich mir an die Brust. Ich schnappte nach Luft. Meine Brüste waren wieder da! Ein Blick in den Spiegel. Grauenhaft was ich da zu sehen bekam: Eine total übernächtigte, faltige Frau, deren Haare wirr in alle Richtungen standen. Und trotzdem hätte ich vor lauter Glück schreien können. Dazu kam ich aber nicht, denn ich hörte, wie unten die Haustür aufgeschlossen wurde und mein Mann laut rufend eintrat:

„Schatz, Überraschung, ich durfte heute früher nach Hause fahren!"

Familienfinsternis

Zu der angesagten Sonnenfinsternis plante sie, sich endlich nach Jahren des Schweigens wieder mit ihrer Familie zu treffen. Vor allem, miteinander zu reden. Oder sich vielleicht sogar auszusprechen.

Peter sagte zu seiner Frau: „Hoffentlich wird aus der Sonnenfinsternis keine Familienfinsternis!" Es sollte ein Scherz sein, aber die Wirkung auf seine Frau war ihm dann unangenehm. Sie weinte lautlos. Er hätte nie gedacht, dass ihr die Zerrüttung der Familie so nahe ging. Denn sie verstand es, dies hinter ihrer kühlen Fassade gekonnt zu verstecken.

Peter liebte Angelika, aber ihre Art Gefühle zu verbergen und nicht raus zu lassen war für ihn nicht immer leicht. Er ist in einer sehr liebevollen Familie aufgewachsen. Es wurde viel geredet und gelacht, und auch die Streicheleinheiten waren nicht zu knapp.

Dann traf er Angelika. Sie war so anders und das faszinierte ihn. Dass er einmal unter ihrer kühlen Art leiden würde, kam ihm nicht in den Sinn. Mittlerweile hatte er sich aber mit ihrem Wesen arrangiert. Zwischen ihnen passte es einfach zu perfekt und so gab er sich mit dem gelegentlichen Gefühlsüberschwang seiner Frau ab und sagte zu sich:

„Wenn einem jeden Tag gesagt wird, wie sehr man geliebt wird, wird es irgendwann Routine und unglaubwürdig. Wenn mir Angelika alle paar Wochen oder Monate ihre Liebe zeigt, dann kommt es aus vollem Herzen."

Als Peter Angelika kennengelernt hatte, lebte sie schon viele Jahre achthundert Kilometer von ihrer Heimat entfernt. Zuerst sprach sie nur das Nötigste über ihre Familie. Peter dachte am Anfang ihrer Beziehung, sie wäre ein Einzelkind und Vollwaise. Erst nach und nach stellte sich heraus, dass sie vier Geschwister hatte und ihre Eltern noch immer pumpelmunter gesund waren.

Und nun war es soweit, er würde diese merkwürdige Familie das erste Mal treffen. Sie fuhren extra die achthundert Kilometer nach Norddeutschland. Er war schon ganz gespannt.

Auf der Fahrt war seine Frau sehr ruhig, manchmal nickte sie ein, aber die meiste Zeit starrte sie zum Fenster hinaus.

Was wusste er eigentlich aus ihrer Vergangenheit? Wenig. Ihr Vater hatte sie nach der Hauptschule direkt in eine Fischfabrik zum Arbeiten geschickt. Mit viel Fleiß und Ehrgeiz holte sie das Abitur in einem Abendgymnasium nach und brach zum Studium nach Bayern auf. Sie hatte sich ihr gesamte Ausbildung selbst finanziert. Weit weg von der Familie.

Sie war erfolgreich in ihrem Beruf und an der gemeinsamen Arbeitsstelle hatten sie sich dann kennen gelernt. Das war jetzt acht Jahre her.

Peter fragte sich oft, was denn so Schlimmes passiert war, dass sie seit fünfzehn Jahren den Kontakt zu ihrer Familie abgebrochen hatte. Aber er bekam nie eine Antwort auf seine Fragen und irgendwann hat er dann aufgegeben. Und später war ihm seine Frau wichtiger als ihre mysteriöse Vergangenheit.

Endlich kamen sie an und Angelika klingelte zögernd an der Wohnungstür des Betonbunkers in dem Vorort der Stadt. Eine bellende Stimme kam aus der Türsprechanlage.

„Was is?"

„Ich bin es, Angelika", fast flüsternd kam die Antwort. Dann ein Surren und die Tür sprang auf. Beim Eintreten hörten sie noch: „Aufzug is kaputt!"

„Auch das noch!", stöhnte Angelika. Peter wusste gleich warum. Bis zur Wohnung waren es neun Stock-werke. Trotz ihrer Sportlichkeit ging ihnen die Puste aus.

Erst dachte Peter, sie wären verkehrt, als er die vernachlässigte, dicke Frau an der Tür sah. Das konnte doch unmöglich eine Verwandte seiner Frau sein. Er betrachtete heimlich Angelika. Sie war nicht nur eine überaus attraktive, sondern auch sehr elegant gekleidete Frau. Ihre dunklen langen Haare fielen wellig über den teuer aussehenden Blazer.

Aber da begrüßte Angelika die Frau bereits durch ein winziges Nicken. Sie schlängelte sich an der ungepflegten Frau vorbei in die verwahrloste Wohnung. Unschlüssig stand Peter starr da. Angelika drehte sich zu ihm um und deutete mit der Hand an, dass er eintreten solle.

Peter fühlte sich unwohl, ihm war die Situation sichtlich peinlich. Die stark verschmutzte, unaufgeräumte Wohnung erregte Ekel in ihm.

„So, dann bist du ja doch gekommen", bellte die Frau. Angelika nickte nur. Peter erkannte in ihr nicht mehr die selbstbewusste Frau.

„Wo sind die anderen?", fragte sie nach einer gefühlten Ewigkeit.

„Kommen später."

Die Frau war nicht besonders redselig, bemerkte Peter und er wusste nicht, ob er das gut oder schlecht fand. Peter wollte die schlechte Stimmung etwas verbessern und sagte: „Wir wohnen in einem kleinen Hotel in der Nähe und daneben befindet sich ein nettes Gasthaus. Ich dachte mir, wir könnten später dort gemeinsam essen?"

Die Alte starrte ihn an: „Is er das?", Angelika nickte nur. Die brummige Frau begutachtete ihn.

„Behandelt er dich gut?", wieder nickte Angelika nur.

Langsam wurde es Peter zu bunt. Mit bestimmenden Ton sagte er zu seiner Frau:

„Also ich finde, wir sollten uns später gemeinsam in der Gaststätte treffen und dann können wir in Ruhe über alles reden. Das hat jetzt hier anscheinend keinen Sinn."

Erstaunt sahen ihn die beiden Frauen an. Angelika sagte kein Wort, folgte ihm aber hinaus. Peter drehte sich noch mal zu der Mutter um: „Ich werde einen Tisch für 18 Uhr bestellen. Hier ist die Adresse. Sie sind natürlich alle unsere Gäste."

Unten angekommen, fragte Peter: „Was war das denn?"

Da fing Angelika leise an zu weinen. Ihr Mann blickte sie ratlos an. Nach einer Weile, in der er sie nur im Arm gehalten hatte, sagte er sanft: „Nun erzähl mir doch einmal, was denn so Schreckliches passiert ist."

Und endlich fing Angelika an, ihm ihre Geschichte anzuvertrauen: „Mein Vater war Alkoholiker. Meine Mutter und wir Kinder hatten nie etwas zu lachen. Schläge und Strafen waren an der Tagesordnung. Am Anfang stellte sich unsere Mutter noch schützend vor uns, aber im Laufe der Jahre war sie dazu nicht mehr in der Lage und ließ alles willenlos über sich und über uns ergehen. Eines Abends lief unsere Mutter sogar mal weg, aber nach zwei Tagen kam sie reumütig zurück. Ohne ihre Kinder wollte sie nicht leben. Auch wenn sie es uns nicht zeigte, liebte sie uns. Dann hatte sie den Plan gemeinsam mit uns zu fliehen. Aber meine Mutter wusste nicht wohin, hatte kein Geld und keinen Beruf. Frauenhäuser gab es noch nicht überall."

Angelika stockte einen Moment, dann erzählte sie mit leiser Stimme weiter: „Meine Mutter verlor immer mehr ihren Lebenswillen und ließ sich zunehmend gehen. Du hast sie ja eben gesehen. Schrecklich wie sie aussieht, oder? Ein Wunder, das sie überhaupt noch lebt."

Wieder unterbrach Angelika die Geschichte und putzte sich die Nase.

„Dann passierte es, ich war sechzehn Jahre alt und kam von der Arbeit. Ich war nur noch müde und wollte ins Bett. Als ich am Wohnzimmer vorbei kam, sah ich meinen Vater mit seinem Freund darin sitzen und saufen. Er rief mich hinein und ich folgte." Angelika fiel es schwer, weiterreden. Sie weinte heftiger als vorher und Peter streichelte ihr langsam den Rücken.

„Ich sollte ihnen ein neues Bier bringen … und ich tat es. Dann ging alles ganz schnell. Der nach Schweiß stinkende Freund riss mich zu Boden … ich versuchte, mich zu wehren. Mein Vater johlte und feuerte ihn noch an. Aus dem Augenwinkel konnte ich die verschreckten Augen meiner Mutter sehen, sie sank auf den Teppich und blieb einfach liegen."

Peter glaubte nicht, was er da zu hören bekam.

„Mein kleiner Bruder kam herein und schrie. Er stürzte sich auf den Mann. Aber mein Vater riss ihn zurück und schlug ihn zu Boden." Angelika schluchzte.

„Ich bin noch am selben Abend abgehauen und nie wieder zurückgekehrt. Dann war ich jahrelang in Behandlung. Keine Beziehung hielt lange, bis ich dich traf." Angelika schaute ihm tief in die Augen.

„Kannst du mich jetzt verstehen. Ich wollte alles einfach nur vergessen. Ein neues, besseres Leben führen."

„Aber warum bist du nicht zur Polizei?"

„Bin ich doch. Aber es hat mir keiner geglaubt. Selbst meine Mutter, die Angst hatte, log den Polizisten an und sagte, ich hätte es so gewollt."

„Aber warum wolltest du unbedingt wieder hierher kommen?"

„Frieden schließen mit meiner Vergangenheit!"

Peter verstand Angelika irgendwie und versprach ihr, sie am Abend zu begleiten. Er war stolz auf seine tapfere Frau.

In der Nacht

In der Nacht hörte sie die Stimmen. Sie riefen ihr zu: ‚Hast du uns vergessen? Du wolltest uns helfen?‘

Die Dunkelheit machte ihr Angst. Sie traute sich nicht, zu schlafen, denn dann wurde es noch schlimmer. Von Albträumen geplagt wachte sie auf, lag wach, sah die Gesichter und hörte sie schreien. ‚Vergiss uns nicht!‘

Es klang wie eine Drohung. Aber wie konnte sie ihnen nur helfen.

Unruhig wälzte sie sich jede Nacht von rechts nach links. Sie hielt sich die Ohren zu, doch das nutzte auch nichts. Wenn sie es gar nicht mehr aushielt, ging sie an das vergitterte Fenster und schaute in die Dunkelheit hinaus. Selten konnte sie Sterne erblicken. In ihrer Heimat war das anders gewesen.

Oft konnte sie es gar nicht abwarten, dass die Dunkelheit über das weite, öde Land hereinbrach. Sie brachte nicht nur die angenehme Abkühlung, sondern auch die funkelnden Sterne. Dann vergaß sie alles: das Elend, den Hunger, die Angst.

Eines Tages sprachen ihre Eltern mit ihr: „Du musst von hier weg. Es wird immer schrecklicher und gefährlicher“, murmelte der Vater. Die Mutter ergänzte mit sanften Ton: „Wir sorgen uns um dich, hier bist du, sind die Frauen, nicht mehr sicher!“

„Sie kommen immer näher und die Mädchen sind die ersten die leiden." Nun war auch Vaters Stimme besänftigender geworden.

„Aber ohne euch gehe ich nicht! Das wisst ihr doch!"

„Das funktioniert nicht! Das Geld reicht nur für eine Person."

„Dann bleibe ich auch."

„Nein!", diesmal klang die Stimme des Vaters verärgert und bestimmend. „Du wirst morgen früh mit ein paar anderen Leuten aus dem Dorf mitgehen. In der nächsten Stadt wartet schon ein Lastwagen auf euch."

„Und wie wird es dann weitergehen?"

„Es ist alles durchgeplant. Am Meer wartet ein Boot. Das bringt euch auf die andere Seite."

Sie fing an zu weinen. Ihre Mutter legte den Arm um sie und flüsterte ihr zu.

„Es ist nur eine kurze Zeit der Trennung, dann kommen wir nach. Versprochen."

Sie seufzte tief. So viele Monate sind seit damals vergangen. Sie wusste nicht, wie es ihren Eltern ergangen war. Lebten sie überhaupt noch? Würde ihr Papa genug Geld auftreiben können, um eine weitere Flucht zu organisieren. Ihr Vater war vor vielen Jahren ein angesehener Dorfbewohner gewesen und hatte gutes Geld verdient. Davon war nicht mehr viel übrig geblieben. Sie seufzte erneut. Würde sie die beiden jemals wiedersehen? Tränen liefen über ihre Wange.

Als sie ihre Brüder und ihre Schwester verloren hatten, brach eine Welt für die Familie zusammen. Das Mädchen klammerte sich noch mehr an ihre Eltern, im Besonderen an ihre Mutter. Die Verlustängste wurden mit jedem Tag stärker.

So richtig verstanden hatte sie damals auch nicht, warum ihre Geschwister alle tot waren. Sie selber war einfach noch zu klein gewesen und mit den Jahren verblassten die Erinnerungen.

Von den Erzählungen wusste sie jedoch, welche Tragödien diese Familie so sehr gebeutelt hatten. Der erste Bruder starb im Kampf, der zweite nur kurze Zeit später. Er war beim Spielen auf eine Mine getreten.

Und wäre das alles nicht schon genug gewesen, starb ihre größere Schwester an den Folgen einer relativ harmlosen Krankheit. Mit den richtigen Medikamenten würde sie heute wohlmöglich noch leben. Aber die einfachste medizinische Versorgung wurde mittlerweile in diesem Land nicht mehr gewährleistet. Das lebensrettende Penizillin war nicht aufzutreiben gewesen. Ihr Vater hatte alles versucht. Seine gesamten Ersparnisse hatte er damals aufgebraucht. Aber es hatte nichts geholfen.

,Wie viel Leid konnte man ertragen?‘, dachte sie bei sich, während sie in die Nacht hinaus starrte. Ihren Eltern blieb nur sie. Und dann hatten diese sie weggeschickt. Sie wurde zornig. Sie hatte nicht weg gewollt, nicht weg von ihnen, nicht weg aus ihrer Heimat. Hier war alles kalt und fremd. Sie verstand die Leute nicht. Sie hatte keine Freunde, bekam kaum Zuneigung und wurde oft angestarrt. Ihre dunkle Haut war für viele Hellhäutige etwas Fremdes.

Auf diese schöne Haut war sie immer so stolz gewesen. Wenn ihre Mutter sie gebadet hatte, sprach sie: ,Du bist meine Prinzessin mit der dunklen Samthaut!‘ Bei dieser Gelegenheit war sie sehr glücklich gewesen und fand sich hübsch. Wie lange war das her?

Im Lastwagen war es stickig! Sie hatten Durst. Und Hunger. Die Tage wurden immer unerträglicher. Dann kam auch noch der penetrante Gestank dazu. Um nicht unnötig anhalten zu müssen, wurden sie aufgefordert in die Flaschen zu urinieren. Überall flogen Insekten herum und langsam breitete sich das Ungeziefer aus. Ein kleines Mädchen weinte fast ununterbrochen.

Sie dämmerte vor sich hin, ihr Lebenswille wurde von Stunde zu Stunde schwächer.

, Es hatte ja doch keinen Sinn mehr. Für was das alles?', fragte sie sich immer wieder.

Seit sie denken konnte, gab es in ihrem Land Not, Hunger und Krieg. Als Kind hatte sie oft gefragt, warum in ihrer Heimat die Gewalt herrschte. Keiner war fähig ihr die Frage zu beantworten. Weshalb taten sich die Menschen das alles an? Dieses Leid und dieser Kummer.

Ihre Mutter versuchte sie oft zu trösten und erzählte ihr die schönsten Geschichten, von einem Land in dem es lebenswert war. Einem Ort des Friedens und mit genug Nahrung für alle. Dann lag sie in den sicheren Armen, ließ sich hin und her schaukeln und träumte von einem besseren Leben.

Das bessere Leben erhoffte sich die Familie in Europa. Dort wo Milch und Honig flossen. So wurde es immer erzählt.

Nach Wochen waren die Flüchtlinge am Meer angelangt und wechselten in ein total überfülltes Boot.

Hatte sie gedacht, die Fahrt mit dem Lastwagen wäre unerträglich, so hatte sie sich geirrt. Die nächsten Wochen der Überfahrt waren noch menschenunwürdiger. Das Beten hatten die Bootsflüchtlinge schon längst aufgegeben.

Die Menschen starrten nur vor sich hin und warteten. Aber auf was?

„Wenn du in Europa angekommen bist, dann versuche mit uns Kontakt aufzunehmen. Wir kommen nach, so schnell es uns möglich ist", versprach ihr der Vater. Sie hatte es genau so gemacht, gleich nachdem es ihr wieder besser ging, aber keine Antwort erhalten. Die Angst um ihre Eltern stieg täglich. Würden sie sich überhaupt wiedersehen?

Nachts lag das Mädchen in einem Bett und hörte die Stimmen. Die Stimmen ihrer Eltern und mittlerweile auch die Stimmen ihrer toten Geschwister.

Als das Flüchtlingskind aufgefischt wurde, war es bereits in einem Delirium. Der Helfer weinte, als er sie sah.

Als das Mädchen nach Tagen endlich erwachte, lag sie in einem wunderschönen weißen Bett und dachte, dass sie gestorben sei. Doch dann traten hellhäutige Menschen in das Zimmer und redeten mit ihr in einer für sie unverständlichen Sprache. Am Tonfall merkte sie, dass man es gut mit ihr meinte. Die Frau lächelte und gab ihr etwas zu trinken. Erleichtert schlief sie wieder ein.

Sie trat vom Fenster zurück und legte sich auf das Bett. Das Zimmer teilte sie mit einer

Frau. Das Mädchen verstand die ältere, vor Kummer gezeichnete Mitbewohnerin nicht, denn sie redete in einer anderen Sprache und weinte viel. Dann wurde auch sie traurig.

Körperlich fühlte sie sich mit jedem Tag wohler. Zu Essen bekam sie genug und es gab ein paar Leute, die ihr helfen wollten.

Von Italien aus kam das Flüchtlingsmädchen mit vielen anderen nach Deutschland. Das Land gefiel ihr: Es war sehr ordentlich und gepflegt. Die Häuser so ansprechend bunt. Wenn auch es sehr kühl war. Es war Februar und der Winter endete langsam.

Sie hatte das erste Mal in ihrem Leben Schnee gesehen und blieb im Freien, bis die Füße anfingen zu schmerzen.

Gestern war sie mit anderen Jugendlichen in einem Park. Eine hilfsbereite Frau hatte ein Treffen organisiert. Dort trafen sich nicht nur Flüchtlingskinder, sondern auch Jugendliche aus der Stadt, in der sie seit ein paar Monaten lebte.

Mittlerweile sprach sie ein paar deutsche Sätze, denn ihr gefiel diese Sprache. Eine Ausbildung zu beginnen, war ihr neues Ziel. Sie wollte leben. Sie hatte das erste Mal nicht an ihre Eltern gedacht, hatte gelacht und sich wohl gefühlt.

Heute erkundigte das Mädchen ihre Umgebung und lief durch die Stadt. Sie hatte bisher schon einiges bestaunt: Geschäfte mit Kleidern und Schmuck, Vitrinen voller Leckereien. Sie konnte es nicht glauben. Wohlstand in Hülle und Fülle. Die Menschen um sie herum, waren alle adrett gekleidet und teilweise recht dick.

Langsam gewöhnte sie sich an den Luxus und wie jedes junge Mädchen fand sie gefallen an den Wohlstandsartikeln. Auch wenn sie sich nichts leisten konnte. Es reichte ihr, in die Schaufenster zu schauen und zu träumen.

Plötzlich blieb sie stehen und starrte auf ein Geschäft auf der gegenüberliegenden Straßenseite, verharrte minutenlang regungslos und konnte den Blick nicht mehr abwenden. In ihrem Blickfeld war ein Geschäft mit Futter für Haustiere. Ihr liefen die Tränen hinunter. In ihrer Heimat verhungerten die Kinder und hier gab es ein eigenes Nahrungsmittelgeschäft für Tiere. Sie vermochte es einfach nicht begreifen. Auf einmal war wieder diese schreckliche Sehnsucht nach ihren Eltern und ihrer Heimat da. Und es schmerzte so entsetzlich. Sie weinte herzzerreißend.

Unerwartet hielt ein junges Mädchen auf dem Fahrrad neben ihr an und fragte sie, ob sie ihr helfen könnte. Dabei sah der rötliche Lockenkopf mit den lustigen Sommersprossen sie so freundlich und liebevoll an, dass es ihr ganz plötzlich besser ging. Sie spürte, sie hatte eine Freundin gefunden.

Das Glück der anderen

Karins Nervosität stieg von Minute zu Minute. Sie kaute schon wieder an ihren abgebissenen Fingernägeln.

‚Mist!', dachte sie, als sie sah, dass das Nagelbett an-fing zu bluten. ‚Auch das noch!' Sie blickte auf die Uhr. Früher war sie immer die Letzte, mittlerweile war es umgekehrt.

Heute wollte sie gut aussehen. Schließlich war sie ja damals die Klassensprecherin und wie alle meinten, ein heißer Feger.

Sie schaute an sich hinunter. Nach über zwanzig Jahren war nicht mehr all zu viel davon übrig geblieben. Dabei war sie heute Morgen noch extra zum Friseur und zur Kosmetikerin gegangen, um ihre Haare nachfärben und sich professionell schminken zu lassen. Aber die Spuren ihres Lebens vermochte auch die nette Kosmetikerin nicht aus ihrem Gesicht wegzuzaubern. Die tiefen Falten um ihre Mundwinkel und die vom vielen Rauchen beeinträchtigte Haut ließen sich nicht wirklich verstecken.

Unzufrieden mit sich selbst, starrte sie zur Tür des Nebenraums der kleinen Gastwirtschaft.

Endlich wurde diese geöffnet und zwei lachende, schwatzende Frauen kamen hereingestürzt. Bevor sie aber die Gelegenheit hatten sich auszutauschen oder einen Platz an dem liebevoll gedeckten Tisch zu suchen, kamen schon die nächsten zwei ‚Grazien' Arm in Arm hereinspaziert und lamentierten: „Also dieses Lokal hat seine besten Jahre auch schon lange hinter sich gebracht!" und „Wer hat das denn herausgesucht?"

„Wer sind die denn?", fragte leise Sabine, die Mitorganisatorin des Treffens und beste Freundin von Karin.

„Kennst du sie denn nicht mehr? Das sind Franziska und Adriana."

„Adriana? Unsere Unternehmenstochter und ihre beste Freundin?", rief Sabine erstaunt. Ihre Stimme wurde dabei ganz schrill.

„Die meinen immer noch, sie wären etwas Besseres", erwiderte Karin verächtlich und ihr neidischer Blick blieb an den Designerklamotten hängen.

Den beiden verblieb jedoch nicht ausreichend Zeit zum Lästern, denn schon wieder kam eine ehemalige Klassenkameradin in den Raum herein.

Michaela, eine schlaksige, große Frau, die ihre Haare zu einem Pferdeschwanz gebunden hatte, trat ein. Verhalten sah sie um sich, grüßte kurz und nahm in der hintersten Ecke Platz.

Manche hatten sich schon seit 23 Jahren nicht mehr gesehen und freuten sich sehr auf das anstehende Klassentreffen der zehnten Klasse der Mädchenrealschule.

„Wer fehlt denn jetzt noch?", fragte Gabi, die dritte Organisatorin dieses Klassentreffens. Sie hatte ebenfalls versucht, sich schick zu kleiden, was leider recht schwer war, da ihr Mann das Geld zusammenhielt. Wenigstens hatte sie sich vom mickrigen Haushaltsgeld einen neuen Kurzhaarschnitt gegönnt. Ihre langjährige Friseurin hatte sie überredet eine knallrote Haarsträhne ins Haar zu färben. Ihr Göttergatte war darüber nicht sehr erbaut gewesen.

„Na wer schon, unsere zwei Mauerblümchen."

Schallendes Gelächter, als plötzlich die Tür aufging und Heidi rufend hereinstürzte.

„Bin ich etwa zu spät?"

Statt einer Antwort starrten die Frauen sie zum Teil mit offenen Mund an. Sabine flüsterte zu Karin.

„Das kann doch nicht die Heidi sein, oder?"

„Ich fürchte schon!"

Im Raum stand eine faszinierende und geschmackvoll gekleidete junge Frau mit sympathischer Ausstrahlung und langen kastanienroten Haaren. Bevor überhaupt jemand etwas sagen konnte, betrat eine weitere langhaarige, adrette Frau mit einnehmenden Lachen den Saal. Sie stutzte, als sie eintrat, denn niemand sagte mehr ein Wort, sondern alle starrten nur die zwei Neuankömmlinge an.

Nach einigen Sekunden fragte Gabi: „Chrissy, Heidi, seid ihr es?"

Mit dümmlichen Blick fügte Sabine hinzu: „Das gibt es doch nicht, unsere Mauerblümchen!"

Um die peinliche Situation zu retten, räusperte sich Karin laut und stellte sich in die Mitte des geräumigen Raums: „Somit wären wir ja dann vollzählig. Vier unserer Mitschüler sind unauffindbar, neun haben von vornherein abgesagt und drei sind plötzlich erkrankt. Die ehemalige Klassenlehrerin der Zehnten ist gesundheitlich leider nicht mehr in der Lage zu kommen." Karin versuchte mitfühlend zu schauen und fuhr nach einem Blick in die Runde fort: „Ich würde vorschlagen, dass wir nach der Bestellung der Speisen und Getränke ein wenig von uns erzählen. Wahrscheinlich möchten alle wissen, was aus unseren lieben Klassenkameradinnen in all den Jahren geworden ist."

Das könnte dir so gefallen!', dachte sich Michaela. *,Karin war schon immer unerträglich neugierig.*'

Und sagte mit leiser Stimme: „Na dann fang du doch gleich damit an!"

„Gute Idee!", riefen die anderen laut dazwischen.

„Ja genau, du Karin, du warst ja immer unsere Königin."

Adriana kicherte: „Genau, die Männer sind dir scharenweise nachgelaufen. Tun sie das heute auch noch?"

Abschätzend begutachtete sie Karin von oben bis unten und leise sagte sie zu Franziska: „Ich schätze mal nicht!" Ein böses Lächeln lag auf ihren Lippen.

Karin fühlte sich sichtlich unwohl. Ihre Freundin Sabine griff ihr unter die Arme: „Wenn ihr nichts dagegen habt, dann fange ich an." Worauf Karin sie dankbar anblickte.

„Wo soll ich anfangen?" Nervös knetete sie ihre Hände, ihr leichtes Zittern versuchte sie zu verstecken.

„Ich bin bereits seit fünfzehn Jahren verheiratet, habe keine Kinder. Mein Mann und ich arbeiten beide in einer Autozubehörfirma, ich bin Chefsekretärin." Nervös zog sie an ihrem langen Rock und an ihrer feinen, hochgeschlossenen Bluse.

Sie dachte bei sich: ‚Ich hoffe, es bemerkt keiner meine blauen Flecken. Oje, ich brauch bald eine Stärkung, sonst stehe ich den Abend nicht durch. Hoffentlich bringt die Kellnerin gleich den Tee mit Schuss. Warum, bin ich nur hierher gekommen? Klar! Karin. Sie hatte mich überredet mitzumachen. Ich blöde Kuh! Mein Mann hat schon recht, ich bin einfach zu doof.' Das Klingeln ihres Handys unterbrach ihre Gedanken.

„Entschuldigung!" Sie drehte sich kurz zur Seite: „Was gibt es denn?", hauchte sie leise ins Handy.

„Ja sicher. Ich bin pünktlich um zehn Uhr zu Hause. Nein, ich sagte dir doch, hier sind nur Frauen."

Sie beendete hastig das Gespräch mit ihrem eifersüchtigen Ehegatten und sagte nochmals leise: „Entschuldigt bitte. Es war mein Mann. Aber ich bin sowieso schon fertig. Jetzt bist du dran Gabriele."

„Ähm, ich?", mit hochroten Kopf stand Gabriele auf.

„Du warst doch früher nicht so schüchtern", rief Adriana.

„Hast doch immer die Lehrer geärgert und veräppelt", ergänzte Franziska.

Gabriele, der ehemalige Star der Klasse, die jedem Jungen den Kopf verdrehte, sah heute eher bieder aus. Da nutzte selbst die rote Strähne im Haar nicht viel. Sie versuchte, die überflüssigen Pfunde durch eine weite Bluse zu verstecken.

„Wo fange ich an? Ich bin ebenfalls verheiratet, wir haben zwei Kinder, der Große ist schon beim Studium und der Kleine steckt mitten in der Pubertät und ich bin Hausfrau." Als sie die fragenden Blicke auf sich spürte, ergänzte sie: „Wegen der Kinder, die brauchen die ganze Aufmerksamkeit."

„Hast aber früh angefangen; war wohl dein Erster." Adriana konnte es wieder einmal nicht lassen. Sie stichelte in einer Tour. Ein unterdrücktes Lachen ging durch den Raum.

„Ich hab halt gleich den Richtigen gefunden!", keifte Gabriele zurück.

„Aha, und deshalb lässt du dich zu Hause gefangen halten", erwiderte Adriana.

„Du hast doch keine Ahnung", schrie Gabriele erbost zurück.

Nur mühsam unterdrückte sie die Tränen. Niemand sollte merken, wie es ihr in Wirklichkeit zu Hause erging. Sie hätte gerne wieder in ihrem Beruf gearbeitet, aber ihr Mann wollte das nicht. Er hielt die konventionelle Rollenverteilung auch heute noch für absolut richtig. Er verdiente das Geld und sie kümmerte sich um die Kinder und den Haushalt.

„Aber Mädels, lasst uns doch nicht streiten!", ging Karin dazwischen.

„Am besten ich mach jetzt weiter. Im Übrigen habe ich auch früh geheiratet. Damit ihr euch nicht die Mäuler zerreißt, sag ich es sofort. Ich bin in der Ausbildung bereits schwanger geworden, habe die Lehre abgebrochen und geheiratet."

Ein Raunen ging durch den Saal.

„Mein Mann hat mich verlassen, mittlerweile bin ich geschieden. Er hat eine andere

Frau geheiratet. Und ihm wurde unser Sohn zugesprochen."

Und in Gedanken fügte sie hinzu: ,*Dann hat er noch Zwillinge bekommen und ich muss jeden Scheißjob annehmen, nur um mich über Wasser zu halten. Aber das sage ich hier nicht! Warum, habe ich nur diese Treffen organisiert? Um mich selber zu quälen?*'

Betretenes Schweigen erfüllte den Nebenraum. Ein Räuspern von Adriana durchbrach die unangenehme Stille.

„Dann bin ich offenbar dran. Ich habe das Geschäft meiner Eltern übernommen und leite es gemeinsam mit meinem Mann. Wir sind seit fünf Jahren verheiratet und haben zwei Kinder."

„Arbeitest du den ganzen Tag?", fragte Gabriele erstaunt.

„Sicherlich!", erwiderte Adriana spitz. „Für was habe ich eine Haushälterin und eine Tagesmutter."

,*Ich verplempere doch nicht den Tag mit Putzen, ich bevorzuge es Golf zu spielen oder zu Segeln!*', dachte sich die elegante Frau. ,*Außerdem muss ich ein Auge auf meinen Ehemann haben, der ist leider kein Kostverächter. Er hatte ihr zwar hoch und heilig beim letzten Ausrutscher versprochen, dass es nie mehr vorkommen würde, aber Kontrolle ist besser als Nachsicht.*'

„Jetzt bist du dran Franziska", ruppig stupste Adriana ihrer Freundin in die Hüfte.

„Ja dann. Wie ihr sicherlich wisst, bin ich Stewardess. Ich bin außerdem verheiratet und habe vier Kinder!"

Stolz bemerkte sie, wie ein Raunen durch die Stuhlreihen ging.

„Bevor ihr mich jetzt fragt: Wie macht sie das? Hier die Antwort: Mein Mann ist selbstständig und arbeitet von zu Hause aus, nebenbei ist er Hausmann."

Selbstbewusst blickte sie sich um. Neidisch schaute Karin sie an. Für vier Kinder und Vollzeitjob sah Franziska immer noch super aus. Sie war schon früher eine der hübschesten Mädchen in der ganzen Klasse gewesen. Mit 39 Jahren und nach vier Geburten stand sie gertenschlank vor den anderen.

Franziska dachte bei sich: *'Wenn die alle wüssten. Mir geht es nur so blendend nach all den Jahren des stressigen Fliegens, weil ich seit einem halben Jahr ein Verhältnis mit einem Piloten habe. Und diese neue Liebe baut mein Selbstbewusstsein enorm auf. Mit meinem superartigen Gatten war ja nichts mehr anzufangen. Wenn es hochkam, hatten wir nur noch alle paar Monate mal Sex. Welcher Frau reicht das denn?'*

Franziska schaute zufrieden in die Runde und nahm wieder Platz.

Heidi stand selbstsicher auf und fing an zu erzählen:„Wenn hier alle so ehrlich ihre Lebensgeschichte verraten, möchte ich mit meiner nicht hinter dem Berg halten." Und in Gedanken fügte sie hinzu: ‚*Naja, wir haben wohl nur einen Teil ihrer Lebensgeschichten gehört, vermutlich nur die Spitze vom Eisberg.*'

„Nach meiner Ausbildung zur Arzthelferin bin ich für zwei Jahre als Au-pair-Mädchen nach Rom gegangen. Ich bin zurückgekommen, weil ich ein Kind erwartet habe und den dazugehörigen Vater zum Teufel gejagt hatte. Ihn entzückten andere Frauen zu sehr und das gefiel mir wiederum nicht!" Heidi war lauter geworden, man merkte ihr immer noch ihre Wut an. Sie nahm einen Schluck Wasser, bevor sie weiterredete.

‚*Aha*', dachte Adriana währenddessen. ‚*Wieder jemand mit untreuen Wegbegleiter!*'

Heidi fuhr fort: „Nach der Rückkehr musste ich zusehen, wie ich meine Tochter Clarissa alleine groß bekam und darum habe ich als freiberufliche Mitarbeiterin bei einem Informatiker gearbeitet. Damit hat sich die Betreuungszeit meiner Tochter am besten kombinieren lassen. Später habe ich in ein Büro gewechselt. Dort habe ich meinen Mann kennengelernt, wir haben geheiratet und er hat Clarissa adoptiert. Heute arbeite ich als Italienischdolmetscherin für diverse Firmen."

Sie hatte ihren abwechslungsreichen und langen Lebenslauf schnell herunter gerasselt und starrte nun in die ungläubigen Gesichter von Karin, Sabine und Gabriele.

Karin konnte es nicht fassen. Diese graue Maus, die damals kein Junge beachtet hatte, wenn ihre Clique in ihrem Partykeller feierte. Aus Mitleid luden sie die beiden Außenseiter manchmal dazu ein. Oder verfolgten sie damals nur einen Plan, damit sie etwas zu Lachen hatten.

„Und das Beste kommt noch: Ich bin schwanger!", ergänzte Heidi und zärtlich streichelte sie ihr kleines Bäuchlein.

„Bist du dafür nicht zu alt!", rief ihr laut und erbost Karin zu.

„Bist ja nur neidisch", erwiderte Christine und fuhr fort: „Na, dann mach ich gleich weiter, weil es passt."

Gespanntes Warten.

„Ich war ebenfalls Au-pair-Mädchen, allerdings in Paris!" Sie grinste Heidi an. „Wer hätte dass je gedacht, dass ausgerechnet wir beide einmal den Mut zu einem Auslandsaufenthalt haben."

Aufgeregtes Gemurmel und ungläubige Blicke von Adriana und Franziska.

Heidi schaute lachend in die Runde.

„Tja, stille Wasser sind tief!" Christine trat seitlich zu Heidi und legte den Arm um sie.

Ihre langen braunen Naturlocken sahen adrett neben Heidis kastanienroten glatten Haar aus.

„Ich bin froh, dass wir uns endlich wiedersehen", raunte sie ihr zu.

„So jetzt zu mir. Ihr wisst ja, dass ich damals Verkäuferin gelernt hatte, weil meine Eltern das so wollten." Christine wurde zum damaligen Zeitpunkt Chrissy genannt. Wer es nicht besser wusste, glaubte derzeit, dass sie ein Junge sei – mit ihren kurzen Haaren und ihrer saloppen Kleidung. Sie hatte vier größere Brüder und wurde von ihren Eltern auffallend männlich erzogen. Jetzt mit ihren langen Haaren und in ihrem Sommerkleid war das kaum vorstellbar.

„Ich bin in Paris hängen geblieben. Ich sage nur, die Franzosen. Mein Mann und ich haben in einem Pariser Vorort gewohnt und zwei Kinder bekommen. Ich habe eine Umschulung zur Dekorateurin gemacht. Mein Mann ist Innenarchitekt, wir arbeiten mittlerweile zusammen und leben seit zwei Jahren in Südfrankreich."

„Das klingt ja wie im Märchen!", schwärmte Sabine und wurde sofort von Karin ausgebremst.

„So toll ist das auch wieder nicht."

Ein leises Räuspern ließ die durcheinander redenden Frauen verstummen. Michaela erhob sich: „Ich habe mir das jetzt alles lange genug angehört und habe euch dabei beobachtet. Ich habe mich wirklich über dieses Treffen gefreut und dachte, es würde mich ein wenig von meiner momentanen Situation ablenken." Sie schaute in Richtung Karin und Sabine.

„Endlich treffen wir uns nach all der langen Zeit wieder und ihr habt nichts Besseres zu tun als zu lästern und zu meckern. Merkt ihr denn gar nicht, wie ihr euch gegenseitig etwas vormacht."

Betretendes Schweigen breitete sich aus. Michaela schaute Franziska an: „Ich war Stewardess wie du. Mein Mann war Pilot. Ich dachte, meine Welt wäre perfekt. Dann bekamen wir ein Kind mit Down Syndrom. Für meinen Mann fiel seine ganze heile Welt in sich zusammen. Er schämte sich für dieses Kind und verließ uns."

Michaela machte eine Pause und schaute dann Karin an: „Genau wie bei dir, hat er sich eine andere gesucht und mit ihr ein weiteres, gesundes Kind gezeugt. Ich musste mich und mein Kind mit Gelegenheitsarbeit über Wasser halten, weil mein Ex sich vor den Zahlungen drückte."

Karin schaute irritiert: ‚*Woher wusste sie das? Wer hatte es ihr erzählt?*‘

„Dann schien das Glück zu mir zurückgekommen zu sein." Michaela stockte und sah Heidi an.

„Ich habe einen faszinierenden Mann kennengelernt, der nicht nur mich über alles liebte, sondern ebenfalls mein behindertes Kind. Er wollte es sogar nach der Hochzeit adoptieren, so wie bei dir, Heidi."

Im Saal war es nun mucksmäuschenstill. Nur die Fliege am Fenster war zu hören. Gespannt sahen ihre Mitschülerinnen sie an, nur Karin und Adriana blickten verlegen zu Boden.

„Drei Tage vor unserer Hochzeit passierte es. Mein Zukünftiger wollte seine Eltern, die 200 Kilometer von uns entfernt wohnten, mit dem Fahrzeug abholen. Auf dem Hinweg fuhr ihm ein Geisterfahrer, der Selbstmord begehen wollte, ins Auto. Mein Freund verstarb noch an der Unfallstelle."

Michaela hatte Tränen in den Augen, ihr zerbrechlicher Körper zitterte. Sie wollte nicht mehr gemeinsam mit den Frauen in einem Raum bleiben, die scheinbar nichts verstanden hatten. Sie schaute noch ein letztes Mal in die Runde, dann nahm sie ihre Handtasche und ihre Jacke und verließ den Saal ohne ein weiteres Wort zu sagen.

Elly

„Guten Morgen, Elly!", „Hallo Elly, wie war der Urlaub?", riefen ihr die Kolleginnen zu. Zufrieden antwortete sie: „Super! Einfach genial!", und sonnte sich in dieser Stimmung. Sie wusste, für die nächsten Tage war sie allein der Mittelpunkt im Büro, in dem sie seit über zwanzig Jahren arbeitete. Elly blühte dann zusehends auf.

Das ganze Jahr lang nahm niemand so richtig Notiz von der kleinen grauen Maus. In der Kantine saß sie immer allein am hintersten Tisch.

Aber wenn sie aus ihren Urlauben zurückkehrte, änderte sich dieser Zustand schlagartig. Dann wollten alle bei ihr sitzen und ihren Erzählungen lauschen. Die sonst so schweigsame Elly holte dann weit aus. Sie beschrieb ihre Reiseerlebnisse aus den exotischsten Ländern dieser Erde in den prächtigsten Farben. Es gab viel zu erzählen, denn sie fuhr nicht zu diesen Reisezielen, um am Strand zu liegen, sondern um viel über die Menschen und deren Kultur zu erfahren. Laut ihren Geschichten, lebte sie direkt bei den Familien und erfuhr somit viel über deren Lebensart.

Sie liebte es, wenn die Kollegen an ihren Lippen hingen und den Abenteuern lauschten. Fotos brauchte sie dann gar nicht erst zu zeigen. Es reichte, wenn die tiefgebräunte Elly anfing zu erzählen. Einigen Kollegen hatte sie eine Ansichtskarte geschickt, anderen eine Kleinigkeit mitgebracht.

So machte sie es jedes Jahr.

„Danke für die tolle Karte aus Bali, Elly. Da möchte ich auch einmal hin", schwärmte Angelika und Sabine ergänzte: „Also Thomas und ich wollen unsere Hochzeitsreise nächstes Jahr auch dorthin machen. Es muss einfach traumhaft sein, oder Elly?"

„Also ich würde da auch gerne einmal hinfliegen, aber die hohen Kosten …!", jammerte Nicole und insgeheim dachte sie: ‚Wie macht sie das nur, dass sie jedes Jahr in so tolle und vor allem teure Länder fliegen kann. Letztes Mal war sie in Neuseeland!'

Keiner der Zuhörer ahnte, wie Ellys Wirklichkeit tatsächlich aussah. Als ihre Eltern bei einem Autounfall starben, war Elly noch in der Lehre und andere Verwandte hatte sie nicht. Damals begann dieses Leben in der Einsamkeit. Nun lebt sie allein und einsam in einem Häuserblock in der Vorstadtsiedlung, anonym und ohne Kontakt zu den Nachbarn. Ihre kleine Zweizimmerwohnung hat sie liebevoll eingerichtet. Doch Besuch, der ihr Wohnzimmer mit der umfangreichen Bibliothek bewundern konnte, gibt es nicht.

Sie hatte sich daran gewöhnt und lebte in ihrer Phantasie und ihren Büchern. Vor einigen Jahren hatte sie sich einen großen Fernseher gekauft. Darauf konnte sie die Dokumentationsfilme über ferne Länder ansehen. Sie liebt diese Sendungen.

Elly hatte noch nie in ihrem Leben eine Reise gemacht. Schon als Kind wollte sie nicht verreisen. Sie hatte Angst vor der Fremde und fühlte sich in ihren eigenen vier Wänden am wohlsten. Dennoch ziehen sie die Bilder von den exotischen Ländern magisch an. Niemals würde sie jedoch ein Flugzeug besteigen. Also kaufte sie Bildbände über die faszinierenden fremden Länder. Einige Jahre später ergänzte sie ihr enormes Wissen über Land und Leute, in dem sie auch die passenden Filme anschaute.

Irgendwann bemerkte sie, dass ihre Mitmenschen ihr nur zuhörten, wenn sie ihr enormes Fachwissen preis gab. Ihre Art Geschichten spannend zu erzählen, bescherte ihr eine reiche Zuhörerschaft. Und da wurde Elly bewusst, dass sie nur in diesen Momenten wirklich glücklich war.

Von da an entwickelte sich ihr Plan von ganz alleine. Verreisen wollte sie noch immer nicht, also fing sie an, von den angeblichen Reisen zu berichten. Mit jedem Jahr wurde sie professioneller.

Schon zwei Jahre vorher, sucht sie sich das Land ihrer Begierde heraus. Exotisch muss es sein, weit weg und der Traum ihrer Mitmenschen. Dann sucht sie sich Brieffreunde in dieser Region.

Früher war das etwas mühsam. Mittlerweile hat sie einen Computer und das erleichtert die Sache enorm. Wenn der Kontakt steht, bittet sie die Brieffreunde um Mithilfe. Sie sollen ihr Ansichtskarten und kleine Andenken zusenden. Elly schreibt die Karten und schickt sie an ihre Helfer zurück.

Wenn die Zeit gekommen ist, gibt sie ihren Bekannten im Ausland Bescheid und sie werfen die geschriebenen Karten einfach in einen Briefkasten.

Dieses Jahr hatte sie es einfacher gehabt. Sie hatte die Karten per Internet verschickt. Sie lächelte bei dem Gedanken. So musste sie sich nur noch die kleinen Geschenke schicken lassen. An alles hatte sie gedacht, sogar an ein vorübergehendes Postfach und dass sie die Zeitung rechtzeitig abmelden musste. Lebensmittel für drei Wochen hatte sie gebunkert und für genügend Lesestoff und DVD's gesorgt.

Elly seufzte. Am wenigsten gefiel es ihr, dass sie sich täglich unter die Sonnenbank legen musste. Aber dieses Opfer musste sie wohl eingehen. Wer hätte ihr denn sonst abgenommen, dass sie drei Wochen in Bali war.

Sie schmunzelte und dachte, dass sie nächstes Jahr nach Island fahren würde. Dann bräuchte sie sich nicht zu bräunen.

Der Graugansschwarm

„Das ist Irrsinn!", brüllte er sie an.

„Lass es uns doch versuchen." Ihre Stimme klang schrill, dabei wollte sie ihn doch von ihrem Plan überzeugen. Doch umso aussichtsloser er war, desto lauter wurde Marina.

„Du findest nie gut, was ich vorschlage."

„Das stimmt nicht. Wir machen meistens nur das, was du willst. Ich muss immer zurückstecken", erwiderte Sven.

Marina seufzte, drehte sich um und wischte sich heimlich eine Träne weg. Warum nur stritten sie in letzter Zeit so oft? Am Anfang ihrer Liebe hatten sie sich doch einmal so sehr geliebt. Was war der Grund dieser Veränderung? Liebte er sie denn nicht mehr? Sie drehte sich um und sah Sven mit einem verzweifelten Blick an. Doch er sah ihren Kummer nicht. Sein Herz hatte sich in den vergangenen Monaten so verhärtet, dass er kein Urteilsvermögen mehr für das Wesentliche hatte.

Er war wieder einmal wütend auf sie und langsam wurde ihm alles zu viel: die ewigen Streitereien, die Tränen, die Reibereien.

Sven betrachtete Marina unauffällig. Was hatte er denn so wunderbar an ihr gefunden, damals? Ihre Fröhlichkeit, ihre Offenheit, ihre Spontanität, ihr Elan und ihre Begeisterungsfähigkeit. Sie hatte immer aberwitzige Ideen, die sie dann voller Tatendrang umsetzte. Und das hatte ihm gefallen. Und heute? Heute nervten ihn genau diese Attribute.

Marina schaute ihn an. Ihr Kummer war verflogen und dem Trotz gewichen. Sie würde es tun, mit ihm oder ohne ihn. Er sah ihr die Veränderung an. Sie sah bezaubernd aus, wenn sie die Unterlippe nach vorne schob. Äußerlich war er von Anfang an von ihr begeistert. Marina war klein und hatte eine einwandfreie Figur. Ihre langen, gewellten Haare schimmerten in der Sonne rostrot. Und in dem sommersprossigen Gesicht leuchteten zwei hellblaue Augen.

In diesem Augenblick hätte er sie am liebsten in seine starken Arme genommen und geküsst. Sven schüttelte sich. Nein, heute musste er sich durchsetzen. Sonst gäbe es keine gemeinsame Zukunft für ihn und seine große Liebe. Er liebte sie mehr denn je, aber die Reibereien ließen immer öfter Zweifel aufkeimen. Waren sie tatsächlich für ein gemeinsames Leben geeignet oder mussten sie sich eingestehen, dass sie charakterlich zu verschieden waren?

Marina schaute zurück, als sie zur Tür hinausging. Sven sah nicht nur äußerlich konträr aus: groß, kräftig, mit blonden Haaren, fast schon wie ein Schwede. Am Anfang ihrer Beziehung fand sie seine besonnene Art angenehm. Zu Freunden sagte sie immer, er wäre ihr Ruhepol, den sie dringend als Ausgleich für ihr chaotisches Leben bräuchte.

Mittlerweile war sie es aber leid, ihn ständig von ihren neuen Ideen überzeugen zu müssen. Was war denn schon dabei, mit dem kleinen Erbe ihrer Großtante den alten Bauernhof am Ende des Dorfes zu kaufen. Ihr war schon klar, dass man massenhaft Zeit in die Renovierung stecken müsste. Aber dafür hätten sie dann genügend Platz, um all ihre Träume zu verwirklichen. Marina träumte immer schon von einem kleinen Reiterhof, mit Hunden und Katzen und vielen eigenen Kindern.

Der Tag verging wieder einmal ohne Lösung. Am nächsten Morgen war Marina es leid und beschloss ihren Plan alleine umzusetzen. Sie fuhr zur Bank um mit dem Bankangestellten zu reden. Außer ihrem Erbe benötigte sie zusätzlich ein kleines Darlehen. Zu ihrer Verwunderung klappte es auf Anhieb den Banker zu überzeugen und sie erhielt die erhoffte Zusage.

Selbstsicher und gut gelaunt, mit einer Flasche Sekt gewappnet, kam Marina zu Hause an. Sie fiel ihrem Freund um den Hals und erzählte voller Begeisterung und Tatendrang, was sie getan hatte und merkte gar nicht, wie Sven immer stiller wurde. Seine Mimik wurde starr. Erst dann fiel ihr die

Veränderung auf und sie fragte, ob er sich denn nicht mit ihr freue.

„Das fragst du mich? Du entscheidest über meinen Kopf hinweg über unser zukünftiges Leben! Und da soll ich wie immer still halten und ‚Ja' sagen. Aber, meine Liebe, so läuft das nicht. Ohne mich! Das war's! Ich gehe! Such dir einen anderen Deppen," und mit diesen Worten verschwand Sven aus dem Haus, ohne sich noch einmal umzudrehen.

Sie sah ihm erstaunt nach und bemerkte, dass es ihm vollkommen egal war, dass es in Strömen regnete und er nicht passend gekleidet war. Das Letzte was sie sah, war der nasse Rücken eines tief gebeugten Mannes.

Drei Wochen heulte Marina Tag und Nacht, dann raffte sie ihre Schultern hoch und machte sich an die Arbeit.

Die Monate vergingen und ihr Reiterhof nahm langsam Gestalt an. An ‚Ihn' dachte sie zwar regelmäßig und vergoss heimlich die eine oder andere Träne, aber mit jedem Tag der harten Arbeit wurde sein Bild blasser.

Nach zwei Jahren hatte sie es endlich geschafft und ihr kleiner, feiner Reiterhof bot Platz für zwei eigene Pferde und fünf Einsteller.

Außerdem hatten vier herrenlose Hunde und eine trächtige Katze eine Heimat gefunden.

Zeit, um sich Gedanken über ihre ehemals große Liebe zu machen, hatte die junge Frau nicht mehr. Sie musste schauen, wie sie finanziell über die Runden kam. Manchmal jedoch, googelte sie abends nach ihm. Marina wollte wissen, was aus Sven geworden war. Aber sie wurde nicht fündig. Als wäre er endgültig verschwunden. Hatte er seinen Traum war gemacht und war nach Schweden ausgewandert?

Die Jahre vergingen und der Reiterhof benötigte weiterhin enormen Arbeitseinsatz. Zeit für eine neue Liebe und dem ‚romantischen Firlefanz', wie Marina es nannte, hatte sie nicht.

Erschöpft setzte sie es sich mit einer Tasse Tee in ihren bequemen Lieblingssessel und las Zeitung. Als ihr Blick an einem Artikel hängen blieb, der von dem Unfall eines jungen Mannes handelte, der dabei schwer verletzt wurde, überkam sie plötzlich ein ungutes Gefühl. Sie konnte es sich nicht erklären, aber diese Meldung ließ sie nicht mehr in Ruhe.

Getrieben von einer seltsamen Vorahnung tigerte Marina in ihrem Wohnzimmer auf und ab. Selbst am nächsten Tag beherrschte große Nervosität ihr Handeln und so beschloss sie, bei der Zeitung nachzufragen, um wen es sich bei dem Unfallopfer handelte. Die freundliche Journalistin wollte und durfte ihr keine

Auskunft geben. Durch geschicktes Nachfragen erfuhr sie dennoch, in welches Krankenhaus der Mann eingeliefert worden war.

Schnell packte sie ihre Jacke und den Autoschlüssel und fuhr mit zu hohem Tempo in das Klinikum. Dort angekommen, wollte man ihr keinen Namen nennen. Trotz ihrer Hartnäckigkeit erfuhr Marina nichts. Enttäuscht und immer nervöser, blieb sie auf einer Bank im Krankenhausflur sitzen.

Sie starrte zum Fenster hinaus, sah einen Schwarm Graugänse vorbeifliegen und weinte. Die Erinnerung an ihre verlorene Liebe kam wieder hoch, denn Sven hatte ihr einmal gestanden: „Diese Vögel begeistern mich schon immer, in erster Linie, weil sie in der Partnerschaft ausgesprochen treu sind."

In diesem Moment wurde ein Mann auf einem Bett an ihr vorbeigeschoben und sie schaute zufällig in sein Gesicht. Sie erschrak! Auf dem Transportbett lag Sven. Marina trat zu ihm und er erkannte sie genauso.

„Ich bin bei dir", flüsterte sie ihm zu, während sie seine Hand ergriff. „Jetzt und für immer."

Ein Lächeln erhellte sein Gesicht.

Kindheit

Sie wusste nicht, warum man ausgerechnet sie dort-hin schickte. Edeltraud war ein schüchternes, fast eingeschüchtertes Mädchen mit gerade einmal zehn Jahren. Schon jetzt nach wenigen Tagen vermisste sie ihre Familie und sogar ihren frechen Bruder Johann.

Edeltraud war mit ihren jungen Jahren schon viel gewöhnt. Das Leben auf einem kleinen Bauernhof kurz nach dem Ersten Weltkrieg war nicht sehr komfortabel. Viel Arbeit und wenig zu Essen waren an der Tagesordnung. Trotzdem liefen ihr bei dem Gedanken an ihr zu Hause die Tränen über die Wangen. Sie wusste, ihrer Mutter war es nicht leicht gefallen, sie wegzuschicken.

„Edeltraud, dir wird es gut gehen bei meiner Schwester in Amerika", versuchte sie, ihr die Entscheidung zu erklären. Doch das tröstete sie nicht. Sie liebte das alte Fachwerkhaus, mit den vielen Tieren. Auch wenn sie wusste, dass die Hasen nicht lange leben, gab sie ihnen immer einen Namen.

Sie kuschelte sich in den warmen Pullover, den ihre große Schwester gestrickt und ihr zum Abschied geschenkt hatte. Er roch nach Stroh und Stall. Und er roch nach ihrer Mutter.

„Willst du mit mir spielen?" Ein kleines Mädchen riss sie aus ihren Gedanken. Edeltraud schaute auf ein zerzaustes Wesen. Ihre geflochtenen Haare sahen ungepflegt aus. Aber die traurigen Augen der Jüngeren überzeugten sie davon, dass auch diese nicht allzu glücklich über die Reise war.

Lange konnten die beiden Mädchen jedoch nicht zusammen spielen, sie wurden von halbwüchsigen Jungen geärgert. Edeltraud versteckte sich. Sie hatte Angst. Als sie wieder hervorkam, war das kleine Mädchen verschwunden. Es sollte Tage dauern, bis sie es erneut sah.

Edeltraud war mit vielen älteren und alten Frauen und kleinen Kindern in einem sogenannten Zwischendeck untergebracht. Es war eng und miefig. Sie konnte nicht schlafen und wieder einmal gingen ihre Gedanken zu den vergangenen Tagen.

Vor fast zwei Wochen brachte sie ihr Vater zu Fuß zu dem weit entfernten Bahnhof. Als sie sich beim Abschied nehmen an ihn klammerte, schälte er sich sanft, aber bestimmt aus ihrer Umarmung. Er versuchte sie zu trösten: „Edeltraud, du kommst bald wieder nach Hause. Sobald es uns besser geht, hole ich dich zurück. Versprochen. Du bist doch mein großes Mädchen." Er versuchte, seine Tränen zu verstecken.

„Mir ist eine Fliege ins Auge geflogen", log er.

Ein Bekannter ihrer Eltern, der ebenfalls mit dem Schiff nach Amerika wollte, kümmerte sich um Edeltraud. Sie fuhren mit dem Zug bis zum Hamburger Hafen und mussten viele Male umsteigen. Es gab immer hilfsbereite Mitfahrer, die ihnen dabei halfen.

Nun war sie auf diesem riesigen unkomfortablen Auswanderungsschiff mit vielen hunderten Personen. Zehn Tage sollte die Fahrt mit dem Dampfschiff dauern. Am schlimmsten waren die Nächte. Dann hatte sie Angst. Angst vor den Männern, die sich heimlich in die Schlafräume schlichen, um die Schlafenden auszurauben. Sie presste dann immer ihre Augen fest zu.

Edeltraud wälzte sich Nacht für Nacht von einer Seite zur anderen. Ihre Gedanken kreisten immer wieder um das ‚Warum?' und sie konnte nicht verstehen, weshalb ihre Eltern sie wegschickten. Hatten sie sie denn nicht mehr lieb?

„Edeltraud, wir haben nicht genug zu essen für uns alle. In diesen schweren Zeiten sieben kleine Mäuler zu stopfen ist schwierig."

Sie verstand es ja, denn es gab Tage, da gab es wieder einmal nur Kartoffeln oder Brotsuppe. Aber sie kannte ihre Tante doch gar nicht. Und wie sollte es ihr in Amerika ergehen.

Ihre Mutter nahm sie in den Arm und versuchte sie zu trösten: „Meine Schwester ist mit einem Amerikaner verheiratet und hat zwei

Jungen. Es geht ihnen gut und du wirst nie wieder Hunger leiden",

Am letzten Tag sah sie das kleine Mädchen wieder. Es hatte überall blaue Flecken und Kratzer. Weinend erzählte sie ihr, dass die Halbstarken sie an jenem Tag erwischt und so zugerichtet hatten. Edeltraud fand keinen Trost für die Kleine, so hilflos kam sie sich selbst vor. Sie wollte dem Mädchen jedoch helfen und legte ihr eine gebastelte Puppe, die ihr ihre Schwester zum Abschied geschenkt hatte, in die Hand und sagte: „Dies ist ein kleiner Schutzengel. Er wird in Zukunft auf dich auf- passen." Freudestrahlend nahm Irmgard das Geschenk entgegen und drückte ihr verweintes Gesicht an Edeltrauds Brust. Es war das letzte Mal, dass sie sich sahen.

Endlich kamen sie mit dem Schiff in Amerika an und eine Frau, die ihrer Mutter sehr ähnlich sah, nur nicht so mager war, kam freudestrahlend auf sie zu und küsste sie so heftig, dass sie fast keine Luft mehr bekam. Ein Mann, der in einer fremden Sprache mit ihr redete, hob sie hoch und strahlte sie an. Zwei Jungen versteckten sich hinter einer Mauer und kamen erst nach mehrmaligem Rufen.

Edeltraud war müde, sie wollte nur noch schlafen. In dem großen Wagen fielen ihr dann auch sofort die Augen zu. Nach mehreren

Stunden schreckte sie auf und sah eine wunderschöne Landschaft.

„Edeltraud, wir sind gleich da", rief ihre Tante und streichelte ihre Wange.

„Unsere Stadt heißt St. Marys. Sie wird dir gefallen."

„Aber ich verstehe die Leute doch nicht", wagte sie zu widersprechen. Ihre Tante lachte.

„Doch, da wirst du dich sehr wundern. Viele sprechen in dieser Stadt Deutsch." Sie wunderte sich, aber später verstand sie es.

Die Einwanderer zogen von New York aus weiter ins Landesinnere. Das typische Siedlungsgebiet der Deutschen war Pennsylvania, Maryland und New York. Später verlagerte es sich auf das *German Triangle*, das deutsche Dreieck, zwischen Milwaukee, St. Louis und Cincinnati – mit Wohnvierteln und eigenen Kirchen, Vereinen, Schulen und Theatern.

In St. Marys, einer typischen ‚deutschen' Kleinstadt lebte sich Edeltraud schnell ein, aber die schönen Fachwerkhäuser aus dunklem Stein vermisste sie immer noch schmerzlich.

Und sie vermisste ihre Eltern, ihre Geschwister, ihre Tiere. Jahre kamen und gingen und Edeltraud hatte schon lange aufgegeben danach zu fragen, wann sie wieder nach Hause dürfte. Die Briefe, die sie ihrer Familie schickte, wurden seltener. Ihre Mutter dagegen schrieb immer öfter.

„Liebste Edeltraud, ich vermisse Dich so sehr. Ich wünschte, du wärst hier bei mir. Deine Mutter, die Dich unendlich liebt."

Die Bilder verblassten, die Sprache mit ihnen. Als ihre Tante das bemerkte, schimpfte sie: „Du darfst nie vergessen, wo deine Wurzeln sind." Von diesem Tag an musste sie täglich mit ihr Deutsch lernen.

Edeltraud war noch immer ein Kind, aber sie spürte instinktiv, dass sie lange nicht mehr zurückkehren würde. Als ihre Tante ihr vorsichtig erklärte, dass Deutschland den Zweiten Weltkrieg begonnen hatte, war auch ihr klar, dass es kein Zurück mehr gab. Heimlich weinte sie. Würde sie ihre Eltern jemals wieder sehen?

Die Jahre vergingen und aus Edeltraud war eine junge schöne Frau geworden. Der schreckliche Krieg war endlich zu Ende und sie hätte zurück nach Deutschland reisen können. Aber in der Nachkriegszeit war die Not in ihrer Heimat größer geworden und man beschloss, sie solle ihre Ausbildung fertig machen und noch ein paar Jahre arbeiten, um die Schifffahrt bezahlen zu können.

Dann kam dass, was absehbar war. Schon seit einiger Zeit beobachtete sie einen Mann in der Nachbarschaft. Auch er bemerkte ihre schüchternen Blicke und eines Tages lud er sie zum Tanztee ein. Schon nach wenigen Wochen wurden sie ein Paar und heirateten. Vier Kinder vollendeten ihr Glück. An die Heimat, Eltern und Geschwister dachte Edeltraud immer seltener. Zu wenig Zeit blieb ihr bei all den elterlichen Pflichten.

Doch mit den Jahren wurde die Sehnsucht wieder entfacht. Heimlich schaute sie Reiseprospekte und ausgeliehene Bildbände über ihre Heimat an. Sie wollte wenigstens noch einmal in ihrem Leben ihre Eltern sehen. Heimlich steckte sie jeden übrigen Cent in eine Spardose.

Die plötzliche Nachricht vom Tod ihrer Mutter traf sie völlig unvorbereitet. Sie war zwar seit Jahren kränklich, aber so ein unerwartetes Ereignis zerriss ihr fast das Herz. Und nicht einmal jetzt hatte sie die Möglichkeit nach Deutschland zu fahren. Heimlich weinte sie, ihr Ehemann bemerkte ihren Kummer und versprach, ihr so schnell wie möglich eine Reise in die Heimat zu ermöglichen. Diesem voreiligen Versprechen folgten unzählige weitere Jahre.

Fast vier Jahrzehnte nach den ersten Schritten in der Neuen Welt flogen Edeltraud und ihr Mann nach Deutschland.

Als sie endlich ihren kleinen, gebrechlichen Vater in die Arme nahm, konnte sie nicht ahnen, dass es das erste und letzte Mal sein würde.

Auf dem Rückflug war Edeltraud so stark in Gedanken versunken, dass sie versehentlich eine junge Frau anrempelte. Sie entschuldigte sich und dabei fiel ihr Blick auf deren Umhängetasche. Sie konnte es fast nicht glauben, denn daran hing ihre alte Strickpuppe. „Woher haben sie die?", fragte sie etwas zu ruppig.

Freundlich erwiderte die Angesprochene: „Die hat mir meine Mutter geschenkt. Sie sagte, sie habe ihr immer Glück gebracht und nun solle sie mir Glück bringen, wenn ich nach Deutschland in ihre alte Heimat fliege."

Nun lächelte Edeltraud geheimnisvoll und erwiderte: „Dann richten Sie der Irmgard bitte liebe Grüße von der Edeltraud aus." Mit diesen Worten ging sie weiter und ließ eine verdutzt schauende Frau zurück.

Volpe, der Zugspitzfuchs

Darf ich mich vorstellen: Ich bin Volpe, der Zugspitzfuchs. Die Menschen sagen immer, dass ich schlau bin. Ob das wirklich stimmt, kann ich nicht beurteilen, aber ich weiß, dass ich es mir hier oben in den Bergen häuslich eingerichtet habe und soll ich Euch einmal verraten warum? Weil es hier so viel zu erleben gibt. Und eines weiß ich auch noch ganz genau: Ich bin tierisch neugierig.

Die neue Eibsee-Seilbahn wird seit langer Zeit auf der Zugspitze gebaut und ich bin immer dabei. Auch wenn ich sehr scheu bin, taste ich mich täglich aus meinem Fuchsbau vorsichtig in Richtung Baustelle und schaue dem Treiben der Arbeiter und den Ingenieuren zu. Seit fast zwei Jahren wird nun schon auf knapp 3.000 Metern der nötig gewordene Neubau der Seilbahn errichtet. Die Alte war in die Jahre gekommen, so ist das nicht nur bei uns Füchsen. Ich spüre ebenfalls an manchen Tagen, dass es nicht mehr so gut läuft. Erst gestern ist mir meine Mahlzeit entwischt.

Aber sehen kann ich ausgezeichnet. Gleich nach dem Frühstück, bevor die allerersten Menschen den Gipfel erklimmen, drehe ich meine Runde, der Blick hinab ins Tal ist einzigartig. Wenn die Sonne aufgeht und sich die letzten Nebelschwaden auflösen, atme ich tief die gesunde Morgenluft ein. Und ich lausche und genieße. Die Stille, hin und wieder das

Kreischen der Vögel, den Schrei des Steinadlers oder die leise, raue Stimme der Felsenschwalbe. Nur so kann ich mich für den nächsten anstehenden Tag wappnen.

Und schon geht's los. Die ersten Wanderer erklimmen den Berg und ich verstecke mich. Nicht jeder ist mir wohl gesonnen und manch einer hat unbegründet Furcht vor mir. Aber keine Angst, von meinem günstig gewählten Versteck aus, habe ich immer das ganze Geschehen im Blickfeld. Wenige wissen, dass ich ein Wildhund bin und darum ähnlich belle wie der domestizierte Hund.

Als die ersten Teile für die Baukräne mittels Hubschrauber montiert wurden, war ich live dabei. Das schwerste Teil wog sage und schreibe drei Tonnen! Das Wetter spielt nicht jeden Tag mit. Ein plötzlicher Anstieg der Lufttemperatur und schon werden die Arbeiten abgebrochen.

Dann bin ich traurig, denn es ist überaus spannend, dem Treiben zuzusehen. An anderen Tagen möchte ich mich am liebsten in meinem Bau verkriechen, weil Sturm, Schneefälle und eisige Kälte herrschen. Aber genau dann laufen die Arbeiten an der Stahlkonstruktion auf Hochtouren. Zu beneiden sind die Monteure dann nicht. In solchen Momenten bin ich immer froh über mein behagliches Winterkleid.

Oft frage ich mich, was zieht die Wanderer hier hinauf. Aber dann schaue ich mich genau um und sehe, was hier so kreucht und fleucht. Die Vegetation ist unglaublich abwechslungsreich. Am besten gefallen mir persönlich ja die Maiglöckchen und der Seidelbast am Eibsee.

Der beliebte See auf 1.000 Metern Höhe gilt als einer der schönsten der bayrischen Alpen. Kein Wunder, das Wasser leuchtet in herrlichem Türkis. Seinen Namen hat der Eibsee von den Eiben, die früher hier in großer Zahl gewachsen sind. Leider kann man sie nur noch vereinzelt bewundern.

Der See mit seiner Tiefe von 32,5 Metern und 8,8 Kilometern Umfang beheimatet viele Fische, wie Hechte, Bachforellen, Renken und Karpfen. Mir gefallen am besten die acht Inseln, auch wenn ich sie nur aus der Ferne bewundere, denn mit dem Schwimmen habe ich es nicht so. Die Urlaubsgäste haben es da bequemer, die leihen sich einfach ein Ruder- oder Tretboot aus.

An manchen Tagen gönne ich mir einen Spaziergang um den See herum. Das ist Balsam für meine Seele.

Dabei halte ich schon mal Ausschau nach einer neuen Lebensgefährtin. Wir Füchse haben ein ausgeprägtes Sozialleben und einen sehr großen Sinn für den Familienverband.

Manchmal fühle ich mich nämlich doch einsam.

Jetzt muss ich wieder zur Baustelle, will doch wissen, was die Monteure heute so machen. Auf dem Weg dort-hin begegnen mir Freunde und sagen wir mal, weniger freundlich gesinnte. Voller Neugier beobachtet mich ein Murmeltier und hinter dem Felsen sehe ich zwei Schneehasen huschen. Weiter oben erblicke ich die Gämsen.

Aber ich habe keine Zeit, denn die Bauarbeiter errichten den künftigen Mittelbahnsteig der neuen Seilbahn. Und das will ich unbedingt sehen. Die Besucher kamen trotz des Neubaus mit der Zahnradbahn auf die Zugspitze und selbst die Bergsteiger mussten nicht auf das herrliche Panorama von oben verzichten. Apropos Panorama: Von der Seilbahn aus hat der Besucher einen atemberaubenden Blick auf den Eibsee.

Nach 54 Jahren wurden die Gäste zum letzten Mal mit der Eibsee-Seilbahn auf Deutschlands höchsten Berg gebracht. Aber schon Ende des Jahres wird die neue Seilbahn in Betrieb gehen und die gespannten Besucher auf die Zugspitze bringen.

Langsam wird es ruhig auf dem Berg und ich beobachte die Bergeidechsen und Alpensalamander, bevor die Sonne untergeht und ich müde, aber sehr zufrieden meinen Fuchsbau aufsuche. Während ich einschlafe, überlege ich noch, ob es ein glücklicheres Lebewesen als mich gibt. Mir fällt keines ein.

Oder kennen Sie jemanden?

Alpencross

Mein Mann wusste von meiner Höhenangst. Ich liebe die Berge und ich möchte alles sehen und überall hoch. Aber dann kann es passieren: Plötzlich bekomme ich eine Panik-Attacke und werde unberechenbar. Manch gefährliche Situation hatte ich schon erlebt. Aus diesem Grund vermied ich extreme Berg-touren und Serpentinen.

Doch eines Tages passierte es: Mein Göttergatte hatte dem Besitzer eines Autohauses großspurig versprochen, dass er die Fotos und seine Frau - also ich - einen Artikel liefern würden, wenn wir im Gegenzug an der Alpencross-Tour teilnehmen dürften.

Die Idee zu diesem Alpencross mit den tollen Alfa Romeo 4C hatten die Brüder und Besitzer des Kfz-Handels: „Ein ausgefallenes Auto und sehr spezielle Fahrer - da war etwas Ungewöhnliches fällig."

Nun sollten bereits zum zweiten Mal neun Pässe in Österreich, der Schweiz und Italien in zwei Tagen überquert werden.

Wie dem auch sei, ich sage immer: Wer ‚A' sagt, muss auch ‚B' sagen. Ergo kam ein Rückzieher für mich nicht in Frage. Außerdem waren es ja letztendlich noch drei Monate bis zur Abfahrt.

Doch die Zeit verging leider zu schnell und Tag X kam im Handumdrehen. Schon zwei Wochen vorher schlief ich schlecht und bekam sogar Magenschmerzen. Ein bisschen neugierig wurde ich dann doch.

Was kann man als Frau erleben, wenn man mit 24 Männern und nur zwei weiteren Frauen diesen Alpencross mitfährt? Die Frage wurde schon bald auf der Tour geklärt.

Am Samstagmorgen trafen sich dann die allerersten rotleuchtenden, anthrazitfarbenen und weißen Sportflitzer aus Donauwörth und näherer Umgebung. Mein Mann und ich fuhren mit dem Begleitfahrzeug, einem Jeep. Er fotografierte, wie besprochen, und ich schrieb mir die Stichwörter für die passende Reportage auf.

Wir sausten bis zum nächsten Treffpunkt nach Memmingen. Dort stießen noch weitere Teilnehmer aus dem Raum München und Weilheim hinzu.

Vom Autohausbesitzer wusste ich bereits, dass mein ehemaliger Juniorchef aus einem Autohaus in Oberbayern, den ich seit zwei Jahrzehnten nicht mehr gesehen hatte, zu uns stoßen würde. Ich hatte einige Jahre im Büro dieses Autohauses gearbeitet. Als er mich sah, war er folglich sehr überrascht und erst einmal sprachlos.

Aufgrund der vielen Teilnehmer wurden zwei Gruppen mit je acht Alfas und je einem Begleitfahrzeug gebildet. Ausgestattet mit Walkie Talkie und den Koordinaten für die

Streckenführung ging es Richtung Alpen. Der einsetzende Regen konnte die hervorragende Laune der Fahrer und Beifahrer nicht beeinträchtigen.

Kurz vor Sonthofen, bei einer Baustelle entschied sich die erste Gruppe, der Umleitung zu folgen und änderte notgedrungen die Route ab. Die zweite Gruppe wurde allerdings von den freundlichen und offenbar autobegeisterten Bauarbeitern durch gewunken. Die Fahrt ging weiter über den 1.093 Meter hohen Gaichtpass zum Hahntennjoch. Wegen der unfreiwilligen Trennung stand allerdings nur die zweite Gruppe während einer kurzen Pause im Regen und genoss trotz allem gut gelaunt die überwältigende Natur. Immerhin schneite es nicht.

Oft kamen mein Mann und ich den schnellen Flitzern mit dem Jeep nicht so recht nach. Aber die Alfa Fahrer warteten stets auf uns, nicht zuletzt, weil wir die Brotzeit, die Getränke und den Kaffee im Wagen hatten. Eine kleine Mittagspause auf der Piller Höhe für alle Teilnehmer und schon brachen wir weiter Richtung Reschenpass auf: Durch die Tunnel, in denen man die Sportwagen laut dröhnen hörte und an der Festung von Nauders vorbei.

Kaum in Südtirol angekommen, blitzte die Sonne aus der Wolkendecke heraus. Dadurch fielen die sechzehn Sportwagen besonders auf. Selbst die Motorradfahrer drängelten sich um die ausgefallenen und formschönen Fahrzeuge. Vom berühmten Kirchturm im See nahm daher kaum jemand Notiz.

Weiter der Route folgend, zeigte die Landschaft ihre ganze Schönheit und die winzigen Dörfer reizten zum Anhalten. In den kleinen Straßen blieben Menschen mit leuchtenden Augen begeistert stehen, ganz egal ob jung oder alt, sie winkten oder fotografierten den Auto Corso.

Viel Zeit zum Genießen gab es für uns allerdings nicht, denn wir fuhren weiter hinauf zur nächsten Station, den auf einer Höhe von 2.149 Metern liegenden Ofenpass in Graubünden. Vorbei an Müstair, dem östlichsten Ort der Schweiz.

Hier im Engadin ist die Amtssprache nicht nur Deutsch, sondern ebenso Rätoromanisch, was unschwer an den Schildern und Schriften an den Gebäuden zu erkennen war.

Die Natur veränderte sich auffallend. Ein dicht bewaldeter Pass mit schneebedeckten Bergspitzen erwartete die Fahrer und Beifahrer. Der Fahrspaß auf diesen hohen Pässen war enorm, trotz immer wieder einsetzendem Regen.

Es folgte eine der schönsten Straßen Europas, die über den Flüelepass, mit einer stolzen Höhe von 2.383 Metern führt. Und wer den Schnee vermisst hatte, der fand ihn hier oben auf dem Pass. Die Fahrstrecke windet sich in herrlichen Kurven- und Serpentinenkombinationen hinab Richtung Davos. Bei nur 6 Grad fuhren wir durch ein verregnetes Davos und anschließend durch den reizvollen Ort Surava. Bekannt als „Heidiland" lässt die paradiesische Landschaft mit den hohen grünen Bergen den ein oder anderen träumen und manch einer glaubte, den kleinen Peter aus dem berühmten Roman „Heidi" von Johanna Spyri rufen zu hören.

Die letzte Etappe zum Ziel des ersten Tages nach Italien war der Splügenpass. Schon die Auffahrt war überwältigend, denn die vielen schmalen Serpentinen kleben förmlich an dem steilen Berg. Malerisch fließen die Wasserfälle an den grünen Hängen hinab und an den Spitzen sah man wieder Schnee. Dabei fiel meine Aufmerksamkeit auf die 312 Meter lange Lawinengalerie unterhalb der Passhöhe auf der Nordseite. Sie wurde 1843 gebaut, aber nach dem Zweiten Weltkrieg außer Betrieb gesetzt. Die berauschende Natur ist für eine reichhaltige Tierwelt ein El Dorado. Wer Glück hatte, sah schon mal ein Murmeltier über die Straße flitzen. Ich hatte dieses Glück!

Auf dem Pass mit einer Höhe von 2.115 Metern befindet sich Montespluga. Im ersten

Moment glaubte ich, wir wären nicht in Italien, sondern in Norwegen, denn der See sieht aus wie ein Fjord und die karge Felslandschaft mit den kleinen Steinhäusern ergänzen diesen Eindruck.

Doch schon ging es die engen Serpentinen hinunter in Richtung Comer See. Bemerkenswert: Zwischen der Passhöhe und Chiavenna ist auf einer Strecke von etwa dreißig Kilometern ein Höhenunterschied von knapp 1.800 Metern zu überwinden. Die schmale Straße führt durch viele in Fels gehauene Kehrentunnel. Vorbei an kleinen malerischen Orten und Seen fuhren wir weiter bis nach Chiavenna.

Erschöpft, kein Wunder nach über 500 gefahrenen Kilometern, aber ebenso überwältigt von den Eindrücken, ließen wir es uns am Abend bei einem italienischen Vier-Gänge-Menü gut gehen. Endlich hatte ich die Gelegenheit, meinem ehemaligen Junior-Chef zu erzählen, wie es mich in diese ausgefallene Gruppe verschlagen hatte. Er amüsierte sich, wie zu erwarten, königlich.

Am nächsten Morgen spitzte die Sonne heraus und die Laune steigerte sich unverzüglich bei allen Teilnehmern. Um 9 Uhr brach die gesamte Gruppe erst einmal Richtung Comer See auf, um dann weiter nach Sondrio zu fahren. Die Begeisterung bei den Italienern am

Straßenrand war enorm. Kein Wunder, denn die italienischen Flitzer weckten Emotionen, was bei den Betreffenden unschwer am Gesicht abzulesen war. Selbst die vier am Straßenrand kontrollierenden ‚Carabinieri‘ blieben nicht unberührt, als die sechzehn Alfas vorbeifuhren. Sie zückten ihre Handys und schossen eilig einige Fotos von der vorbeifahrenden Karawane.

In Tirano blieben die aus der Basilika kommenden Kirchenbesucher erstaunt stehen und sahen mit sehnsüchtigen Blick dem Autocorso nach.

Steil hinauf nach Campocologna, der Schweizer Grenze, vorbei am Miralago, der seinen ausgefallenen Namen zu Recht trägt. Kühe, Esel und vereinzelt stehende Häuser in einer grünen Landschaft begleiteten uns bis nach Forcola di Livigno, Pass und Grenze nach Italien.

Auf einer stattlichen Höhe von 2.315 Metern hat man einen atemberaubenden Blick über die schneebedeckten Bergspitzen und kann die mit grünen Moos behafteten Felsen in einer steinigen und kargen Landschaft bewundern.

Die Fahrt an diesem Tag ohne Regen war für die Fahrer ein großartiges Erlebnis. Und die Aufmerksamkeit der Bevölkerung und der Touristen steigerte abermals die Emotionen.

In Livigno, einem Zollfreibezirk, das früher einmal ein Schmugglertal war, wurde gerastet.

Ein kleiner italienischer Junge strahlte übers ganze Gesicht, als man ihm erlaubte, sich in einen Alfa Romeo 4C zu setzen. Ein Traum schien sich für ihn zu erfüllen, so dass die Mama schnell noch ein Erinnerungsfoto machte.

Zurück in die Schweiz, über den Forcola Pass und den 2.328 Meter hohen Bernina Pass mit dem türkisfarbenen See und der kargen ‚Mondlandschaft', fuhren wir hinab nach Pontresina und Bergün.

Die abwechslungsreiche Landschaft mit der unterschiedlichen Vegetation und den bizarren Felsformationen war der ständige Begleiter auf den Pässen.

Ansprechend anzusehen ist die bekannte Bernina-Bahn, die sich in Schlangenlinien und Kreisen am steilen Berg hoch schlängelt. Die Gebirgsbahn verbindet den Kurort St. Moritz mit der italienischen Stadt Tirano und gilt als höchste Adhäsionsbahn der Alpen. Sie wurde in die Liste des UNESCO-Weltkulturerbes aufgenommen.

Der letzte Pass der unvergleichlichen Alpencross-Tour war dann der Albulapass, der mit einer stattlichen Höhe von 2.315 Metern glänzt. Und dann hieß es Abschied nehmen. Die ausgewählte Routenplanung mit so unterschiedlichen Pässen hatte alle Teilnehmern sehr begeistert.

„Mir haben die Pässe mit den vielen Kurven und dann wieder die Möglichkeiten der Beschleunigung auf der Geraden gefallen," erklärte der jüngste Beifahrer.

„Ich fand die Emotionen im Gesicht der Menschen so eindrucksvoll, wenn sie unsere Fahrzeuge sahen", schwärmte eine Andere.

Ein weiterer Fahrer ergänzte: „Für mich war es ein tolles Gefühl, in dem schönsten Auto zu sitzen, vor mir das Schönste zu sehen und hinter mir das Schönste im Rückspiegel zu erblicken."

Meine ganz persönliche Erfahrung lautet: „Als Frau fand ich mich gut aufgehoben unter all den Männern. Dieses außergewöhnliche Abenteuer wird mir immer in Erinnerung bleiben."

Und das Allerbeste: Ich habe meine Angst vor Serpentinen verloren und fuhr kurze Zeit später vom Passo Gardena über den Passo Sella zum Passo Pordoi durch die atemberaubenden Dolomiten.

Kaló taxídi – Gute Reise

Valentina und Klara saßen im Café und lamentierten bei scheußlichem Regenwetter über Gott und die Männer: „Ich glaube, ich mache Schluss mit ihm", jammerte Valentina.

„Mmh", erwiderte Klara mit einem wissenden Blick. Schweigen, dann ein Aufschrei von ihr, den Valentina mit einem erschreckten Zucken quittierte. „Ich hab's - wir fahren einfach weg!"

„Wie, wir fahren weg?", fragte Valentina.

„Na weg!", erwiderte Klara.

Nach einer Pause sprach sie mit gezogener, langsamer Stimme weiter: „Ich denke mir ... wir nehmen uns zwei Wochen lang eine Auszeit! Hast du noch Urlaub?"

„Ja, hab ich!" Schnell war die Idee geboren, mit Interrail irgendwohin in den Süden zu fahren.

In den nächsten zwei Tagen wurde geplant und dann stand es fest: Die Reise würde über Italien nach Griechenland gehen. Weitere zwei Tage später befanden sich zwei jungen Mädchen mit Minimalgepäck am Münchner Hauptbahnhof und warteten auf den Zug nach Ancona. Ihr Gepäck bestand aus zwei winzig kleinen Rucksäcken. Deren Inhalt beschränkte sich auf eine zweite Hose, ein T-Shirt, ein Rock und einen Pullover. Waschzeug wurde

aufgeteilt. Auf dem Rucksack war ein Schlafsack gebunden, an der Seite baumelten Er-
satzschuhe und ein Sonnenhut.

Sie fühlten sich ausgezeichnet und sie fanden sich cool, wie sie da am Bahnhof standen
und von anderen Reisenden betrachtet wurden.
Heute Nacht planten sie, im Zug zu schlafen.
Morgen früh, wenn sie dann in Ancona
angekommen wären, würde sich schon her-
auskristallisieren, wie es weiterginge.

Ancona und Senigallia

Etwas gerädert, die Sitze waren nicht zum
Schlafen geeignet, aber mit enormem Ent-
deckerdrang, kamen sie am Morgen in Ancona
an.

Frisch gestärkt in einer italienischen Bar
suchten sie sich erstmal ein günstiges und
sauberes Hotel im Zentrum. Für zwei Nächte
hatten sie keine andere Wahl, als in dieser
Stadt zu bleiben, denn mit dem Interrailticket
durften sie nicht alle Fähren nach Griechenland benutzen.

Die Tage in Ancona vergingen wie im Flug.
Abwechselnd sahen sie sich die Altstadt an
oder fuhren mit dem Zug nach Senigallia an
den Strand.

Im Zug saß ihnen eine Gruppe junger Kerle
gegenüber, nicht älter als etwa fünfzehn Jahre.

Klara, die seit einem Jahr Italienisch an der Volkshochschule lernte, verstand ein wenig von dem, was die Jungs redeten und übersetzte es ihrer Freundin: „Der mit den Locken, der interessiert sich für Dich und der mit den schwarzen Haaren für mich."

Angestrengt überlegte sich Klara einen passenden Satz und als der Zug anhielt und die beiden Mädchen aussteigen mussten, drehte sie sich um und rief den Jungs zu: „Grazie mille per la vostra conversazione interessante." Was soviel heißt wie: „Vielen Dank für eure interessante Unterhaltung."

Als die beiden Mädel aus dem Zug stiegen, sahen sie noch aus dem Augenwinkel die knallrot angelaufenen Köpfe der Jungen.

Wie zu erwarten blieben die beiden am sich immer mehr füllenden Strand von Senigallia nicht lange allein. Immer wieder versuchten junge Italiener ihnen nahe zu kommen. Erst war Valentina sehr genervt. Kein Wunder, bei ihrem guten Aussehen wurde sie in Deutschland auch ständig angebaggert. Aber Klara überzeugte sie, dass das Ganze lustig werden könnte. Sie weihte Valentina in ihren Plan ein und nach einigem Zögern willigte diese ein.

Von jenem Augenblick an erwiderten sie die Annäherungsversuche der unterschiedlichsten Gruppen: von Halbwüchsigen, aber auch Männern kurz vor der ‚Midlife Crisis'. Mit einem bezaubernden Lächeln verabredeten sie sich mit allen Verehrern zur gleichen Uhrzeit in immer derselben Pizzeria am Meer, nicht weit vom Strand entfernt. Das würde ein Riesenspaß werden.

Noch war es früher Nachmittag und die beiden entschlossen sich erstmal ein Eis zu essen. Während sie in der Reihe anstanden, überlegten sie sich, wo sie sich am besten verstecken könnten, um die Jugendlichen und Männer aus sicherer Entfernung an der verabredeten Pizzeria beobachten zu können.

Da passierte es. Ein junger Mann drehte sich zu schwungvoll herum, stieß mit Klara zusammen und sein Eis lief an ihrem T-Shirt hinunter. Als Klara in das entsetzte Gesicht ihres Gegenübers sah, musste sie spontan lachen, nahm mit dem Finger Eis, leckte es ab und sagte auf italienisch: „Mmh, lecker mein Lieblings-eis."

Und damit war der Bann gebrochen. Zur Entschädigung lud der junge Typ, der in Begleitung eines weiteren attraktiven Kerls war, die beiden Mädchen zu einem Eisbecher ein.

Es wurde ein ausgesprochen lustiger und unterhaltsamer Nachmittag. Mit einem Mischmasch aus Deutsch, Italienisch und Englisch erfuhren die beiden Mädchen so einiges aus dem interessanten Leben des Römers und des Florentiners. Valentina, von Natur aus eher zurückhaltend und skeptisch, flüsterte ihrer Freundin zu: „Also mit dir erlebt man immer etwas Spannendes!"

Die Zeit verging zu schnell und so beschlossen die Vier, den Abend in der Pizzeria am Meer ausklingen zu lassen.

Ohne darüber nachzudenken betraten sie ausgerechnet das Lokal, in das sie sich im Laufe des Tages mit allen potentiellen Verehrern verabredet hatten.

Es war noch früh und die Pizzeria hatte just in diesem Moment aufgemacht. So saßen sie mutterseelenallein auf der idyllischen Terrasse am Meer. Bei einer Pizza und einem Glas Rotwein wurde so manches geredet und viel gelacht.

Auf einmal, es war kurz vor 21 Uhr, erschrak Klara und rief Valentina aufgeregt zu: „Oje, die anderen kommen jetzt gleich!"

Nun, da gab es keine weitere Möglichkeit, als die netten Gastgeber in die Geschichte einzuweihen. Der Römer lachte schallend, der Florentiner schaute ein wenig pikiert.

Schnell zahlten sie die Rechnung und huschten über die Hintertreppe zum Strand hinaus.

Der Abend verlief weiterhin ausgelassen und am Ende tauschten sie die Adressen aus. Man plante, sich unbedingt mal wieder zu sehen, in Deutschland oder in Italien.

Am nächsten Tag war es soweit. Voller Erwartung liefen die beiden Abenteuerinnen mit ihrem Gepäck zum Hafen. Schnell war das Schiff gefunden, was sie nach Patras in Griechenland bringen sollte.

Auf dem Schiff

Das Schiff war eines der anspruchslosen Sorte. Das heißt, es gab für die Passagiere keine Schlafkabinen, sondern nur Schlafsessel in einem großen Raum. Etwas enttäuscht probierten die beiden reiselustigen Mädchen diese Sessel aus. Zu unbequem fanden sie. Die Überfahrt würde letztendlich 36 Stunden dauern.

Erstmal schlenderten sie aufs Außendeck. Dort erwarteten sie schon jede Menge andere Rucksacktouristen. Schnell kamen die jungen Leute ins Gespräch. Valentina und Klara unterhielten sich mit einer Clique, zwei Jungs und zwei Mädchen, die ebenfalls für zwei Wochen in Griechenland Urlaub geplant hatten. Erst später stellte sich heraus, dass diese Freundesclique in Wirklichkeit nur aus dem einen Kerl und den zwei Mädels bestand. Der andere hatte sich in aller Selbstverständlichkeit zu den drei Freunden gesellt.

Als es dunkel wurde und sich die Müdigkeit einstellte, war schnell klar, wo man schlief.

Das gesamte Deck war übersät mit jungen Leuten, die in ihren Schlafsäcken dösten. Kein einziger hatte Lust, auf den unbequemen Schlafsesseln im Innenraum Platz zu nehmen. Die Besatzung tolerierte es und so kamen Valentina und Klara in den Genuss unter freiem Sternenhimmel auf dem Außendeck der Fähre zu schlafen.

Letztendlich verging die Zeit auf dem Schiff zu schnell und wieder einmal wurden die Adressen ausgetauscht mit dem Versprechen, sich gegenseitig zu besuchen.

Athen

Von Patras fuhren die beiden mit dem Bus quer übers Land nach Athen.

Kaum im Zentrum angekommen, zückte Klara ihr kleines Adressbuch. Sie hatte vor, Eleana, eine Griechin, genauer gesagt eine Athenerin, die eine Freundin eines Freundes ist, anzurufen und zu besuchen.

Nur leider hörten die beiden Mädchen ständig eine Ansage auf Griechisch und Griechisch verstanden sie nun mal nicht. Enttäuscht und auch ein wenig genervt standen sie vor der Telefonzelle.

„Was nun?", fragte Valentina.

Doch die meinte nur trocken: „Du hast doch immer die ‚guten Ideen'. Überleg dir Plan B."

Und wie die beiden so unschlüssig vor der Telefonzelle standen, kamen zwei Männer auf sie zu und fragten, ob sie ihnen helfen könnten. Während Klara in ihrem mehr schlechten als rechten Englisch den beiden die Situation verklickerte, zerrte Valentina an ihrem T-Shirt.

„Hey, hör auf damit, wir kennen die doch gar nicht. Du bist immer viel zu vertrauensselig."

„Ach, was! Was du immer nur hast. Möglicherweise können sie uns ja helfen."

Tatsächlich, der eine Mann, nahm Klaras Adressbuch entgegen und versuchte ebenfalls sein Glück. Sein Ergebnis war aber enttäuschend: Kein Anschluss unter dieser Nummer.

Klara und Valentina überlegten sich, wie es weitergehen solle, denn mittlerweile war es schon später Nachmittag. Den bisherigen Plan, Eleana zu besuchen, verwarfen sie wohl oder übel. Ein geeigneter Platz für die Übernachtung musste her. Da kam der Vorschlag von einem der zwei Helfer. Sie würden ihnen bei der Hotelsuche behilflich sein. Klara erwiderte, das wäre zwar ausgesprochen nett, aber sie hätten nicht viel Geld zur Verfügung, darum dürfe das Hotel nicht zu teuer sein. Die beiden Männer winkten ab.

Und schon nach kurzer Zeit fanden die Griechen eine günstige und gemütliche Unterkunft. Was Valentina und Klara erst bei ihrer Abreise erfuhren: Die beiden Griechen hatten bereits im Vorfeld die Differenz an der Rezeption bezahlt und die beiden Mädchen dadurch finanziell unterstützt.

Aufgrund der Hilfe der beiden Männer, fragte der ältere der beiden: „Haben wir jetzt einen Wunsch frei? Wir könnten den Abend zusammen verbringen und euch die Schönheiten Athens zeigen.“

Valentina verzog besorgt ihr Gesicht, Klara beschwichtigte sie, denn sie war wieder einmal begeistert von der Idee, Land und Leute kennen zu lernen.

„Aber wir steigen in kein Auto!“, erwiderte Valentina zögernd. Damit konnten alle Vier leben und so trafen sie sich ein paar Stunden später vor dem Hoteleingang.

Geórgios und Aléxandros hielten ihr Versprechen und zeigten die pittoreske Altstadt von Athen. Es wurde ein lustiger Abend. Trotz anfänglicher Proteste von Valentina und Klara, waren sie stets die Gäste von den beiden äußerst freundlichen Griechen.

Zum Abschluss fuhren sie dann doch noch mit dem Auto zu einem typisch griechischen Weinfest - zu Fuß war es einfach zu weit - und feierten bis tief in die Nacht.

Valentina war sichtlich erstaunt. Den ganzen Abend versuchten die beiden Männer niemals, die Mädchen zu küssen oder irgendwie anzumachen. Klara beabsichtigte, sich zu revanchieren, und fragte zum Abschied: „Wir würden euch beide sehr gerne morgen zum Frühstück einladen, bevor unsere Reise weitergeht. Als Dankeschön für eure Freundlichkeit."

Danach fragte Geórgios, was sie denn als Nächstes vorhätten.

Klara antwortete: „Wir haben ja leider nicht die richtige Telefonnummer von Eleana."

„So haben wir beschlossen weiter zu einer der vielen malerischen Inseln zu fahren", ergänzte Valentina.

Geórgios grinste übers ganze Gesicht und hielt einen Zettel in der Hand: „Überraschung: Ich habe die Telefonnummer von eurer Freundin in Athen herausgefunden."

Klara freute sich so riesig, dass sie heimlich ein paar Tränen wegwischte.

Der Abschied von Geórgios und Aléxandros, den beiden großzügigen Gastgebern, fiel den Frauen schwerer als sie dachten.

Aber die Reiselust hatte sie schon wieder gepackt und nach einem kurzen Telefonat mit Eleana, spazierten sie fröhlich zur naheliegenden Bushaltestelle.

Nun wussten sie auch, warum es nicht sofort geklappt hatte, Eleana telefonisch zu erreichen. Klara hatte keine Ortsvorwahl vorgewählt. Eleana lebte jedoch nicht direkt in Athen, sondern in einer kleinen Stadt, namens Elefsina, etwa zwanzig Kilometer weiter westlich.

Elefsina

Mit dem Bus fuhren Valentina und Klara zu Eleana. Das war kein leichtes Unternehmen und obwohl die überaus freundlichen Griechen versuchten zu helfen, haperte es immer wieder an der Verständigung.

So kam es, dass die beiden jungen Frauen mit dem Bus zu weit fuhren. Klara suchte ein Telefon und als sie keines fand, fragte sie einfach in einem kleinen Geschäft, ob sie einmal telefonieren dürfte. Nach einigen Schwierigkeiten verstand der junge Verkäufer endlich, was sie wollte und reichte ihr ein altes Telefon mit Wählscheibe.

„Eleana, ich bin's Klara. Wir haben uns verfahren. Ich weiß nicht wo wir sind. Ich gebe dir jetzt einen Jungen, der wird es dir erklären", sagte sie und reichte den Hörer an den Verkäufer weiter.

Anschließend gab der junge Grieche den Telefonhörer zurück: „Klara, ihr bleibt wo ihr seid, ich hole euch ab." Klara war total begeistert von Eleana, die sie nie in ihrem Leben gesehen hatte. So viel Hilfsbereitschaft gegenüber einer Fremden, das beeindruckte sie stark.

Keine zehn Minuten später bremste ein kleiner Fiat 126 vor der Tür und eine junge Frau mit langen lockigen Haaren in einem dunkelroten Farbton sprang heraus und umarmte überschwänglich die beiden überraschten Mädchen. Valentina wunderte sich über den stürmischen Empfang, aber auch Klara begrüßte Eleana, als seien sie schon seit vielen Jahren beste Freundinnen.

„Ich fahre das gleiche Auto wie du!", rief Klara begeistert. Und dann schwärmten sie von den Vorzügen des winzigen Fiats.

„Bis 22 Uhr muss ich in der Apotheke arbeiten", erklärte Eleana. „Aber dann habe ich Zeit, um gemeinsam mit euch in einem der Restaurants Abend zu essen."

Die Apotheke war erst vor wenigen Tagen eröffnet worden. Und so sah es auch aus: Überall standen Kartons herum und die Medikamente waren im ganzen Raum verteilt. „Ich bin verpflichtet, alles korrekt aufzuräumen, sonst bekomme ich Probleme", erklärte Eleana lachend. Während trotz später Stunde Kunden kamen, sortierten die drei gemeinsam die Schachteln und Fläschchen in Schubladen und Regale ein. Das war für Valentina und Klara nicht ganz einfach, denn beide hatten Probleme die griechischen Buchstaben zu entziffern. Aber gemeinsam schafften sie es dann doch, so dass sie gegen halb elf endlich die Apotheke verließen.

Das Restaurant war in einer ehemals stark befahrenen Straße in Athen, die ohne großen Aufwand an einem Ende mit vielen Blumentöpfen abgesperrt worden war. Die Folge: Ein Straßenzug voller Leben, gespickt mit Restaurants und Cafés, die unzählige Gäste anlockten.

Zu den drei jungen Frauen gesellten sich spontan etliche Freunde von Eleana. Ein Kauderwelsch aus Griechisch, Englisch, Italienisch und Deutsch erklang an der großen weißgedeckten Tafel, die voll von Köstlichkeiten war.

Selbst ein behaglicher Abend endet und Valentina und Klara schliefen kurz in Eleanas Auto auf dem Heimweg ein, als es längst dämmerte.

Daheim angekommen, entschuldigte Eleana sich für das Chaos in ihrer Wohnung: „Ich bin noch so mit dem Aufbau der Apotheke beschäftigt, dass ich keine Zeit habe mein Domizil heimelig zu gestalten, geschweige mehr Ordnung zu halten", erklärte sie betrübt. Müde und verständnisvoll nickten die zwei junge Frauen. Sie waren schlicht und einfach nur froh, ein Bett zum Schlafen gefunden zu haben.

‚Macht euch einen gemütlichen Tag in Athen und schaut euch die Akropolis an. Wir sehen uns heute Abend wieder. Ich kehre um etwa halb elf zurück. Viel Spaß!'

Neben der Notiz lag ein Schlüssel, ein Stadtplan von Athen und vier Bustickets.

Obwohl es an diesem Tag unerträglich heiß war und die Luft in den Straßen förmlich stand, genossen Valentina und Klara den Tag in der alten Tempelanlage. Der mühsame Aufstieg wurde durch einen faszinierenden Ausblick belohnt.

Als sie wieder hinabstiegen, hörten sie jemanden ihren Namen rufen. Kaum zu glauben, Sven, der Junge vom Schiff stand strahlend vor ihnen.

„Das ist ja Klasse, dass ich euch wieder sehe!"

Bis zu diesem Zeitpunkt ahnten die beiden Frauen nicht, dass sie Sven so schnell nicht mehr loswerden würden.

Sven, der schlaksige große Junge erzählte, dass ihn seine Zufallsbekanntschaften vom Schiff abgehängt hätten.

„Nein, das ist ja gemein von denen", erwiderte Valentina. Er erzählte weiter, dass er nach seinem Abitur diese Reise angetreten hatte, um ein bisschen auszuspannen.

Bei der 22-jährigen Valentina erwachte der Beschützerinstinkt und sie schlug etwas vor, dass die beiden Frauen schon nach kurzer Zeit bereuen würden: „Wir fahren morgen mit einem Schiff weiter auf eine der vielen Inseln. Wenn du Lust hast, kannst du ja mitfahren."

Piräus

Der Abschied von Eleana fiel den Frauen schwer und nur die Hoffnung sich bald wieder zu sehen, tröstete sie ein wenig.

Wie selbstverständlich stand am nächsten Tag Sven am Hafen von Piräus und wartete auf die beiden Mädchen.

Mittlerweile hatten Valentina und Klara Zweifel, ob das eine gute Idee gewesen war. Sven hatte sich am Tag zuvor als sehr anstrengend erwiesen. Er dackelte auf Schritt und Tritt den beiden Frauen nach und als sie sich verabschiedeten, um zu Eleana zu fahren, war er nur schwer davon zu überzeugen, dass er nicht mitkommen könne.

An der Anlegestelle standen dann drei junge Leute und wussten nicht, welches Schiff sie nehmen sollten. „Mir gefällt der Name ‚Patmos' und es fährt in einer Stunde ab", schlug Klara vor.

„Fahren wir damit?" Erwartungsvoll schaute sie in die kleine Runde.

Das Schulterzucken wertete Klara als Zusage und schon eilte sie zum Schalter, um die Tickets zu lösen.

Zehn Stunden dauerte die Überfahrt auf dem kleinen, schrecklich beengten Schiff. Nur der sensationelle Blick auf das blaue Meer und die vielen Delphine, die darin schwammen, verkürzten die Zeit.

Insel Patmos

Am Hafen von Patmos angekommen, standen viele Menschen am Anleger, vor allen Dingen Männer, aber auch ein paar Frauen, und boten Übernachtungsmöglichkeiten an.

Die drei müden Reisenden entschieden sich für die freundlich aussehende ältere Frau mit dem sympathischen Lächeln. Sie folgten ihr durch die kleinen, schmalen Gassen und erreichten ein weißes Haus. Kurz erklärte sie, wo sich die Schlafzimmer, das Gemeinschaftsbad und die Küche befanden und schon verschwand sie wieder.

Die beiden Frauen waren entzückt über die Wahl der Insel und der Unterkunft. Wäre da nur nicht Sven, der langsam aber sicher lästig wurde. Diesmal hatte Valentina die rettende Idee.

„Wir müssen neue Freunde für ihn finden!"
Gesagt getan! Und sie hatten Glück.

Vier befreundete Engländer wollten die beiden letzten zwei Zimmer in dem Haus mieten. Das Problem, es handelte sich um drei Mädchen und einem Jungen, der aber mit keinem der Mädchen liiert war.

„Der Engländer könnte ja bei Sven schlafen", schlug Klara vor. Und sehr zur Freude der beiden Freundinnen willigten die vier ein.

Später in der kleinen Taverne am Strand strahlte Valentina mit der untergehenden Sonne um die Wette: „Glück gehabt, den sind wir los!"

Skala und Melloi

Am nächsten Tag schauten sich die beiden erstmal den kleinen Ort Skala an.

In einem winzigen Geschäft kam Klara sofort ins Gespräch mit dem älteren Besitzer. Schnell hatte sie festgestellt, dass die Bewohner höheren Alters häufig italienisch sprachen. Des Rätsels Lösung war denkbar einfach: Im Zweiten Weltkrieg waren auf vielen griechischen Inseln Soldaten aus Italien stationiert. Dadurch lernte auch der sympathische Ladenbesitzer ein paar Sätze Italienisch.

Valentina und Klara versprachen, den netten Inhaber wieder zu besuchen und fuhren mit einem Boot zu dem Strand ‚Melloi', den er ihnen empfohlen hatte. Und er hatte nicht zu viel versprochen. Sie verlebten einen angenehmen Tag, schrieben endlich Tagebuch, lasen in ihren Büchern und unterhielten sich ausführlich über die letzten gemeinsamen Tage und darüber was sie so alles erlebt hatten.

Auf dem Rückweg zu ihrem Zimmer erkundigten sie sich nach Motorrollern, die man sich ausleihen konnte. Für den nächsten Tag hatten sie sich einen Ausflug zum Kloster vorgenommen.

Vor dem Haus saßen zwei ältere Griechinnen und streichelten eine Vielzahl an Katzen. Mit Händen und Füßen erklärte Klara, dass sie ebenfalls einen Stubentiger zu Hause hat. Sie streichelte die bunte Schar. Als sie sich verabschiedete, gaben ihr die Frauen eine Schale Obst mit. Von da an stand jeden Tag eine Schüssel mit den leckersten Früchten vor der Tür des Hauses mit einer Notiz auf Griechisch. Selbst ohne Sprachkenntnisse wussten die Mädchen, dass die Leckerei ein Geschenk der Nachbarinnen war und freuten sich sehr darüber.

Chora, Lampi und Kampos

Klara war ganz aufgeregt, denn sie freute sich schon sehr auf den geplanten Ausflug nach Chora. Chora ist berühmt für die kleinen Gassen, verwinkelten Ecken, verwunschenen

Treppen und die weißen Häuser. Der Ort erinnerte sie an Ostuni, ein Ort in Apulien in Süditalien, den sie erst vor nicht allzu langer Zeit besichtigt hatte.

Nach dem Frühstück holten sie den reservierten Roller ab und fuhren über die Serpentinen den Berg hinauf. Am Johannes-Kloster angekommen, stellten die beiden mit Schrecken fest, dass sie vergessen hatten, dass man in Griechenland mit kurzen Hosen und leichten Trägerkleidern nicht die Kirchen oder Klöster betreten durfte.

Klara war enttäuscht und am liebsten hätte sie sich selbst in den ‚Hintern‘ getreten.

„Wie kann man nur so blöd sein“, schimpfte sie. „Ich wusste das doch!“

Ratlos standen sie vor dem Eingang. Da erschien plötzlich der nette Pförtner mit zwei langen Röcken in seinen Händen und hielt sie ihnen hin. Klara konnte es gar nicht fassen und hätte ihn am liebsten geküsst.

Nach der Besichtigung des schönen alten Klosters in dem viele alte Bücher, Ikonen und Gewänder ausgestellt waren, gaben sie die Röcke wieder beim Pförtner ab und bedankten sich herzlich.

Die Fahrt ging weiter nach Lampi. Das letzte Stück fuhren die beiden Frauen nur noch über Schotterwege und Klara war nicht wohl dabei. Sie war froh, als sie endlich angekommen waren. Der folgende Spaß am Strand entschädigte sie für die Strapaze. Fast menschenleer fanden die beiden Mädchen das Meeresufer vor und mit Hilfe der hohen Wellen ließen sie sich hinaustreiben.

Klara sammelte bunte, gefleckte Steine für ihre Sammlung und Valentina begeisterte sich für die ausgefallenen Muscheln.

Die Fahrt ging weiter nach Kampos, der dritten Stadt auf Patmos. Mittlerweile waren die beiden durstig und hielten an einer Taverne an.

Als sie die Getränke bezahlen wollten, stellte der Wirt eine Flasche Retsina auf den Tisch. Mit Händen und Füßen versuchten Valentina und Klara zu erklären, dass sie nichts mehr bestellt hätten. Der Wirt nickte lachend und deutete gestenreich auf vier alte Griechen, die am Ende der Terrasse an einem Tisch saßen und freundlich herüber winkten. Es blieb ihnen nichts anderes übrig als sich mit einem ‚Efcharisto‘ zu bedanken.

Da der Wein sofort seine Wirkung zeigte, überlegten sich die beiden, ob sie nicht etwas essen sollten. Sie hatten den Gedanken noch nicht richtig zu Ende gesponnen, da stellte der lächelnde Wirt schon einen riesigen Teller mit Meerestieren vor ihnen ab. Erstaunt lauschten Valentina und Klara den Worten des Wirtes. Mühsam glaubten sie zu verstehen, dass sich die älteren Männer nun doch Sorgen gemacht hätten, dass sie vielleicht nicht mehr in der Lage wären, mit dem Roller weiter zu fahren. Aus diesem Grund spendierten sie ihnen auch noch die passende Grundlage.

Leider konnten die netten und großzügigen Männer, die lachend herüber schauten, kein Englisch und auch kein Italienisch. So vermochten sich die Gäste wieder einmal nur mit den paar Wörtern zu bedanken, die sie gelernt hatten.

Etwas torkelnd fuhr Valentina dann den Roller Richtung Skala und die beiden fielen nur noch lachend ins Bett.

Was für ein Tag!

Skala

„Wir müssen uns dringend um die Rückfahrkarten kümmern", sagte Valentina am nächsten Morgen.

„Ja, die besorgen wir uns am besten gleich nach unserem leckeren griechischen Frühstück."

Im Reisebüro erklärte man den beiden, dass es keine Rückfahrkarten mehr gebe. Erst wieder für die nächste Woche.

„Aber welche Möglichkeit haben wir denn jetzt, um heimzukehren? Die Tickets von Patras nach Ancona haben wir schon bezahlt und sie gelten nur für den einen Tag. Außerdem haben wir keine andere Wahl, denn am Montag müssen wir wieder arbeiten", erklärte Klara mit verzweifelter Stimme.

„Versuchen sie ihr Glück bei der Hafenpolizei", erwiderte die nette Frau im Reisebüro.

Im Hafenbüro trafen die beiden einen älteren Polizisten, der italienisch sprach und der die Notsituation von Valentina und Klara erkannte. Er versprach ihnen zwei Fahrkarten zu besorgen und sagte, dass sie am Abend wieder kommen sollen. Euphorisch verließen die beiden Frauen das Büro.

Am Abend war der Polizist aber nicht da, an seiner Stelle saß nun ein jüngerer Mann am Schreibtisch. Schnell war den beiden Frauen klar, dass es sich hier um einen ziemlich eingebildeten und strengen Polizisten handelte. Zum Leidwesen von Klara sprach er nur Englisch, was sich später aber als Glücksfall herausstellte. Klara versuchte, die Situation in der sie steckten zu erklären, ohne zu sagen, dass der Ältere bereits Tickets reserviert hatte.

Eine kluge Entscheidung, wie sich später herauskristallisierte. Denn der junge Polizist war nicht nur unsympathisch, sondern leider der Chef der Polizeistation.

Die Situation drohte zu eskalieren, als der Polizist beabsichtigte seine Position herauskehren. Er verweigerte nicht nur die Hilfe, sondern verbot sogar den beiden Frauen, aus unerfindlichen Gründen, das Schiff zu betreten und abzureisen.

Als Klara fast schon im Begriff war zu weinen, wurde er wütend und sagte: „Wenn Sie jetzt nicht sofort Ruhe geben, sperre ich Sie ein!"

Das saß! Blass sagte Klara kein Wort mehr. Mittlerweile war der ältere Polizist hinzu gekommen und beobachtete die Situation. Gedämpft flüsterte er ihr auf Italienisch zu: „Zitta, stia tranquilla! - Psst, leise, bleib ruhig!"

Klara hielt sich an diesen Rat und wartete ab, dass der jüngere Polizist in den Nebenraum trat. Der Ältere sagte ihnen mit kaum vernehmbar Stimme: „Kommt nachher um acht Uhr in die Bar gegenüber, dann gebe ich euch die Tickets."

Völlig aufgewühlt von dem zuletzt Erlebten, verließen Valentina und Klara das Büro und setzten sich auf eine Bank am nahen Hafen.

„Was war das denn für ein Typ?", fragte Valentina. Klara, die sich vor der Abreise über Land und Leute informiert hatte und gerade ein Buch über Griechenland und seine politische Situation gelesen hatte, redete sich in Range.

‚Die Junta', die Bezeichnung für das strenge Militär-Regime, dass das moderne Griechenland von 1967 bis Juli 1974 beherrschte, hatte tiefe Spuren in dem Land hinterlassen.

Aber von dem ließen sich die beiden Frauen nicht die Urlaubsstimmung verderben. Valentina und Klara hatten die nettesten und gastfreundlichsten Menschen seit langem kennengelernt und nur, weil einer anders war, änderte das nichts daran, dass Valentina und Klara von den Griechen total begeistert waren. Sie wussten schon jetzt, das dieser Urlaub nicht der letzte in diesem wunderschönen Land sein würde.

Der Tag war noch nicht zu Ende, als die nächste Überraschung in der Bar wartete. Dort traf pünktlich der nette Polizist ein und lud Valentina und Klara erst mal zu griechischen Spezialitäten ein. Da half auch kein dankendes Ablehnen.

Mehrere Ouzos später reichte er ihnen die Tickets. Bezahlen durften sie wieder einmal nichts.

„Wie sollen wir das nur wieder gut machen?", fragte Klara.

Der Polizist lachte und erwiderte: „Indem ihr uns im Herzen behaltet und wieder kommt!"

Der Tag der Abreise war da. Zum allerletzten Mal besuchten Valentina und Klara den netten älteren Ladenbesitzer Antonio, bei dem sie täglich vorbeigeschaut hatten. Immer hatte er ihnen etwas geschenkt: mal Schokolade, dann Ansichtskarten oder hübsche Haarklammern. Antonio hatte sie oft zum Lachen gebracht und einiges aus seinem aufregenden Leben erzählt. Klara übersetzte ihrer Freundin Valentina die witzigsten Geschichten ins Deutsche.

Zum Abschied weinte Klara wieder einmal und es war ihr nicht peinlich. Sie hatte Antonio in ihr Herz geschlossen und wusste, dass sie ihn womöglich nie wieder in ihrem Leben sehen würde.

Der sichtlich gerührte Antonio überspielte die rührselige Szene mit ein paar flapsigen Sprüchen, schenkte den beiden Frauen noch je ein Armband aus Muscheln und winkte ihnen auf der Straße nach.

Die Traurigkeit von Klara verging erst, als Valentina die ungewöhnliche Idee hatte, ein weiteres Mal mit dem Boot an den sensationellen Strand von Melloi zu fahren, und dort erneut ein Picknick am Meer zu veranstalten.

Am Spätnachmittag hieß es dann, die Rucksäcke aus den Zimmern holen und sich von der netten Besitzerin und den ‚Katzenfrauen' zu verabschieden, nicht ohne Tränen. Das Schiff wartete bereits am Hafen.

Dieses Mal war es zum Bersten voll und Klara fragte sich, ob es eine so vernünftige Idee gewesen war, mit so einem überfüllten Schiff zu fahren.

Nach erfolgloser Suche der Toilette, erzählte Klara ihrer Freundin: „Stell dir vor, die haben die Passagiere mit den teureren Tickets im Inneren eingeschlossen. Da ist es mir dann doch lieber hier draußen im Schlafsack auf engen Raum zu schlafen, als eingesperrt zu werden."

„Ich glaube, ich bekäme Platzangst, wenn ich eingeschlossen wäre", erwiderte Valentina.

„So, ich mache mich ein zweites Mal auf die Suche. Ich habe keine offene Toilette gefunden. Bis gleich."

Die Überfahrt war dieses Mal schrecklich, fanden die beiden jungen Frauen. Nicht nur das völlig überfüllte Schiff machte ihnen zu schaffen, sondern ebenso der stürmische Seegang. Klara kämpfte, wie viele andere Passagiere, gegen die Übelkeit an. Die bleiche Valentina jammerte am nächsten Morgen: „Ich bin wie gerädert. Hoffentlich sind wir bald da."

„Nach meinen Berechnungen müssen wir in Kürze ankommen."

Nach zwölf Stunden hatten sie es endlich geschafft. Diesmal war das Glück auf ihrer Seite. Der Bus, der sie nach Patras bringen sollte, fuhr schon eine halbe Stunde später ab.

Während der Busfahrt schliefen sie vor Erschöpfung ein und merkten gar nicht, wie sie in Patras ankamen. Bis zur Weiterfahrt am Abend mit dem Schiff hatten Valentina und Klara etwas Zeit, bummelten durch die Stadt und deckten sich mit ein paar Lebensmitteln und Getränken ein.

Auf dem Schiff

„Wow, das ist ja echt luxuriös", rief Klara begeistert, als sie die Kabinen betraten und die erschöpfte Valentina testete sofort die extrem schmalen Betten: „Ich freu mich schon aufs Schlafen."

„Aber vorher tanzen wir in der Disco. Ich habe vorhin gehört, dass die bombig sein soll." Bei Klara erwachten die Lebensgeister.

„Ja und einen Swimmingpool gibt es hier ebenfalls." Valentina war vollends aus dem Häuschen.

„Der Wahnsinn - das ist purer Luxus!"

„Ein krönender Abschluss für einen gelungenen Urlaub", flötete Valentina.

„Ja, wer hätte das gedacht. Spontan zu verreisen ist megacool!"

„Und wie viele außergewöhnliche und großzügige Menschen wir kennengelernt haben, einfach unfassbar!", ergänzte Valentina.

Klara sinnierte daraufhin: „Und wen werden wir in unserem Leben wiedersehen?"

„Ach ich denke, den einen oder anderen gewiss!"

„Hoffentlich nicht Sven."

Valentina machte ein entsetztes Gesicht: „Bitte nicht!"

Und dann kicherten die beiden wieder wie Teenager.

Frisch geduscht betraten sie die Bar, um sich zu stärken. Das Lokal war gut besucht, die Tische alle besetzt. An einem Größeren saßen drei Italienerinnen, die bereitwillig für die beiden Platz machten und mit denen Klara gleich ins Gespräch kam.

Mariella, Elena und Graziella leben in der Nähe des Lago Maggiore und waren auf der Rückfahrt von Santorin. Mariella feierte ihren Geburtstag und lud Valentina und Klara spontan dazu ein. Das ließen sich die beiden Freundinnen nicht zweimal sagen und so zogen die fünf aufgedrehten Frauen unter großem Gelächter weiter in die Schiffs-Diskothek, die ihre Erwartungen übertraf. Valentina die sich so sehr auf ihr Bett gefreut hatte, war nicht mehr zu bremsen und ließ kaum einen Tanz auf der Tanzfläche aus.

Von diesem Moment an waren die fünf unzertrennlich und verlebten am nächsten Tag lustige Stunden am Pool und im Restaurant. Keiner der Umstehenden ahnte, dass sich die fünf jungen Frauen erst kennengelernt hatten.

Beim Abschied tauschten sie wieder die Adressen aus, nichtsahnend, dass eine lebenslange Freundschaft daraus werden würde.

Im Zug

Müde aber glücklich saßen Valentina und Klara im Zug nach Deutschland und schrieben schnell die letzten Notizen in ihre Tagebücher. Dabei kicherten sie immer wieder. Die anderen Zuginsassen warfen ihnen irritierte und zum Teil unverständliche Blicke zu. Aber das störte die beiden nicht.

Plötzlich steckte Valentina ihrer Freundin einen Brief zu: „Aber erst zu Hause lesen! Versprochen?"

„Versprochen!"

Klara hob feierlich die Hand und grinste über das ganze Gesicht.

Nachdem Klara ihren Eltern in Kurzform über die gelungene Reise berichtet hatte, schnell die leckeren Rouladen mit Knödel und Blaukraut verschlungen hatte, öffnete sie mit Spannung die Zeilen ihrer Reisebegleitung:

Beste Freundin,

Du warst in dem Urlaub echt lieb. Ich muss Dir ein großes Lob aussprechen und finde Bewunderung für Dich, wie Du ganz allein die schwierigsten Situationen gemeistert hast.

Es war ein unheimlich schöner Urlaub, trotz der kleinen Debatte, die wir ab und zu hatten. Aber sonst wäre es langweilig geworden, wenn man immer gleicher Meinung ist.

Auf jeden Fall wäre der Urlaub nie so schön und lustig geworden, wenn ich mit jemanden Anderen gefahren wäre.

Dafür danke ich Dir sehr.

Deine Freundin Valentina

Große Liebe, neue Heimat

‚Einen alten Baum verpflanzt man nicht.‘ Wer kennt nicht diese alte Redensart? Um so erstaunlicher sind dann Geschichten von reiferen Menschen, die trotz ihres Alters einen Neuanfang in der Fremde wagen. Aber es ist machbar, dass man so einen großen Schritt schafft, wenn schon das ganze Leben ausge-fallen verlaufen ist. So wie bei Eva und Barr.

Barr, der gebürtige Amerikaner, kam mit 28 Jahren nach Deutschland. Sein Vater hatte in Mason City in Iowa eine Autoreparaturwerk-statt und besaß außerdem ein Flugzeug. So wuchs er schon in jungen Jahren mit der Tech-nik auf. Folglich kein Wunder, dass er in dann in diese Richtung studierte.

Er bekam ein Stipendium in Harvard und studierte Ingenieur Science in Physik und Chemie. Nach seinem Bachelor kamen ihm aber Zweifel an der Berufswahl und er wech-selte zur Business School. Dort erlangte er den Master of Business Administration. Während dieser Zeit sang er mit Begeisterung im Chor und studierte nebenher Gesang. Nach dem Studium arbeitete er ein paar Jahre in Boston, bevor er als Zivilangestellter für das amerikanische Militär nach Deutschland ab-reiste.

„Ich hatte gelesen, dass es zwar viele Opernhäuser in Deutschland gäbe, nach dem Zweiten Weltkrieg wären jedoch Sänger knapp," erzählt er schmunzelnd. Neben seiner Arbeit in München, er war Abteilungsleiter für hunderte von Angestellten, nahm er weiterhin Gesangsunterricht bei Franz Karl aus Nürnberg.

Von 1955 bis 1957 nutzte Barr die Musikbibliothek für seinen Gesangsunterricht. Eine Agentur vermittelte ihn zum Vorsingen nach Trier und Münster.

„Das Stadttheater Münster stellte mir einen Zweijahresvertrag aus und ich sang zur Eröffnungsfeier den Sarastro in Mozarts Zauberflöte," erklärt der Sänger mit Basstonlage.

Anschließend trat er unter anderem in Klagenfurt, Trier und Luzern auf. 1960 wurde er am niedersächsischen Staatstheater in Hannover engagiert und seine Verträge wurde fortlaufend verlängert. Barrs Repertoire reichte von Puccini, Verdi bis hin zu Wagner.

„Meine Lieblingsrolle aber war Osmin aus der ‚Entführung aus dem Serail' von Mozart." In diesem Zusammenhang wurden vor den Aufführungen Musterpuppen genäht. „Eines Tages habe ich ‚Osmin' als kleine Puppe von der Kostümbildnerin geschenkt bekommen."

Sein großer Erfolg trotz seines Handicaps, er hatte als Kind Polio, brachte ihm den Titel ‚Kammersänger' ein. Nach 1990 war er noch immer als Gastsänger auf der Bühne zu sehen und hören.

Mit seiner Frau Eva, der gebürtigen Hannoveranerin, feierte er bereits den fünfzigsten Hochzeitstag. Eva hatte in Göttingen Medizin studiert und dort 1960 promoviert. Ein wichtiges Jahr für sie, denn sie bereitete sich auf die Führerscheinprüfung vor.

Sie erzählt lachend: „Ich bin Internistin und arbeitete 1966 in Hannover im Krankenhaus. Ein Kollege kam zu mir und sagte, dass auf der chirurgischen Station ein Opernsänger läge, der eigentlich auf ‚ihre‘ gehören würde. Wegen der momentanen Überfüllung sei er aber dort untergebracht. Als ich das erfuhr, spürte ich: Das ist der Mann, auf den ich gewartet habe." Ein Lächeln huscht über ihr Gesicht und sie greift nach seiner Hand. Barr fühlt sich zwar geschmeichelt, tut aber diese Vorahnung als weiblichen Hirngespinst ab. Vielmehr erzählt er, wie es zu seinem Krankenhausaufenthalt gekommen sei.

„Ich beabsichtigte, meine Wohnung zu renovieren, und habe die Wände gestrichen."

„Ausgelöst durch die Farbe kam es zu einer gefährlichen Vergiftung. Die Folge war ein sehr langer Aufenthalt im Krankenhaus", ergänzt Eva ihren Mann. „Wir sahen uns täglich und verstanden uns ausgezeichnet." Kurz vor der Entlassung erzählte er ihr, dass er immer um dieselbe Uhrzeit am Maschsee spazieren ginge und sie sah das als ‚Einladung' an. Sie trafen sich ‚zufällig' und wurden ein Paar. Ein Jahr später heirateten Eva und Barr und bekamen zwei Töchter. Die Ältere lebt mit ihrem Mann, ihrer Tochter und ihrem Sohn in Donauwörth, die Jüngere ging nach Washington D.C. in den USA, lernte ihren Ehemann kennen und sie bekamen ebenfalls ein Mädchen und einen Jungen.

Die Töchter und deren Familien besuchten sie regelmäßig, wenn auch der Weg strapaziös und weit war. Dann wurde das Haus mit dem großen Garten zu anstrengend für die beiden und sie dachten über einen Umzug nach.

Sie trafen eine Vernunftentscheidung und planten, sich eine Wohnung in Donauwörth zu suchen. Dieser mutige Entschluss stellte sich schwieriger als gedacht heraus. Fünf lange Wochen fanden sie Unterschlupf bei der Tochter, bis sie endlich etwas Passendes gefunden hatten.

„Auch, wenn es nicht immer ganz leicht war, wir haben diesen Schritt nicht bereut", betont Eva. „Wir haben zwar noch keine richtigen Freunde gefunden, haben allerdings einige nette Kontakte und freundliche Nachbarn. Die Leute in dieser Region sind sehr nett und offen. Und wir sehen natürlich unsere Kinder und Enkelkinder häufig. Außerdem sind wir beide immer schon gut alleine zurechtgekommen."

Eva vermisst nur eines: „Ich sehne mich nach dem Wald und den kleinen Hügeln direkt hinter dem Haus in Niedersachsen." Lachend fuhr Eva fort, dass das aber wohl keine Hügel für einen Bayern seien.

Die Welt ist ein Dorf

Ihre erste Pressemitteilung! Katharina war ziemlich nervös, denn sie arbeitete noch nicht sehr lange als Journalistin. Aus diesem Grund war sie viel zu früh anwesend und traf auf den Kunstprofessor, der die ungewöhnliche Veranstaltung, über die sie den Artikel schreiben sollte, organisiert hatte.

'Ich glaube, ich brauch gar nicht so nervös sein, er ist super sympathisch!', dachte Katharina bei sich.

Bei dem sich entwickelndem Gespräch stellte sich heraus, dass nicht nur Katharina fließend Italienisch sprach. Außerdem wurde schnell klar, dass Italien nicht nur das Lieblingsland von beiden ist, sondern das beide bereits dort gelebt hatten.

Die Pressemitteilung verlief problemlos und Katharina gönnte sich eine Tasse Kaffee. Bis auf den Professor waren bereits alle gegangen.

Erst unterhielten sie sich über das geplante Projekt, dann fragte Katharina aus unerklärlichen Gründen: „Sprechen Sie denn außer Italienisch eine weitere Sprache?"

Lachend erwiderte der freundliche Kunstprofessor: „Ja, oberfränkisch."

„Ach, wie kommt das denn?", fragte Katharina interessiert.

„Meine Mutter stammt aus Oberfranken", antwortete der Künstler.

„Meine Eltern ebenfalls, aus der Nähe von Bamberg", erklärte Katharina und strahlte dabei über das ganze Gesicht.

„Welch Zufall, meine Mutter genauso."

Katharina ergänzte: „Aus der Nähe von Bad Staffelstein."

„Ist ja witzig meine auch, genau genommen aus Ebensfeld."

„Das gibt es doch nicht, meine Mama kommt ebenfalls aus Ebensfeld", vor lauter Aufregung hatte Katharina hektische rote Flecken im Gesicht und Hals bekommen.

„Womöglich kennen sich die beiden ja. Ebensfeld hatte ja früher kaum mehr als 4.000 Einwohner."

„Meine Mutter heißt Anna", erklärte der Professor sichtlich interessiert.

„Anna … Anna, sagt mir jetzt nichts. Aber ich frag mal bei meiner nach."

„Ihre beste Freundin hieß Betty. Mit ihr hatte sie bis zu ihrem Tod vor zwei Jahren Kontakt."

Katharina traute ihren Ohren nicht, denn die beste Freundin ihrer Mutter heißt ebenfalls Betty und mit ihr stand sie auch immer noch in Kontakt. Erst vor Kurzem hatten sie sich wieder gesehen. „Und mein Vater kommt aus einem winzigen Dorf bei Ebensfeld. Kennt eh keiner: Kleukheim", erzählte Katharina nun sichtlich aufgeregt.

„Ja aber sicher kenne ich Kleukheim. Dort war ich als Kind oft zu Besuch bei Freunden meiner Mutter. Und seit ihrer Heirat vor vielen Jahren lebt sogar meine Cousine dort."

„Das gibt es ja nicht und wie heißt sie?", Katharina kam nicht mehr aus dem Staunen heraus.

„Sie heißt Iris Bachmann."

„Jetzt bin ich platt!" Katharina blieben die Worte weg. Der Professor starrte sie verdutzt an. Sie erklärte ihm: „Das ist unsere Nachbarin!"

„Das ist ja unfassbar! Wie klein doch die Welt ist. Leider komme ich nicht umhin zu gehen, die Arbeit ruft. Richten sie Ihrer Mutter herzliche Grüße aus!", der viel beschäftigte Künstler eilte zu seinem nächsten Termin.

....

Katharina vermochte an nichts anderes mehr denken, als an diese Begegnung und griff zu Hause, kaum angekommen, sofort zum Telefonhörer und rief ihre Mutter an.

„Ja, auf alle Fälle kenne ich die Anna. Wir drei waren befreundet", erklärte ihre Mutter. „Betty war unser Mittelpunkt. Anna habe ich dann leider aus den Augen verloren, damals, als sie den jungen Mann aus Nördlingen geheiratet hatte."

Katharina war arg aus dem Häuschen und rief nach diesem aufwühlenden Gespräch ihre große Schwester an, der mittlerweile der alte Bauernhof in Kleukheim gehörte.

Nachdem sie ihr alles haarklein erzählt hatte, ergänzte ihre Schwester Michaela: „Dann ist ja dieser Professor ebenfalls ein Cousin von Brigitte, der Frau unseres Vettern Peter. Zumindest ist Iris Bachmann eine Cousine von ihr."

„Nein, das glaube ich jetzt nicht!", rief Katharina. ‚Die Geschichte nimmt ja beinahe unheimliche Züge an', dachte sie bei sich. Sie war froh, dass sie mit dem Künstler besprochen hatte, ihn zu kontaktieren, wenn sie zusätzlich Fragen zum Artikel hätte.

….

„Guten Morgen Herr Schubert, hier spricht Katharina Amtmann. Ich hätte ein paar Fragen für den Artikel in der Zeitung. Haben Sie einen Moment Zeit?"

„Guten Morgen, ja freilich. Das hatten wir ja so vereinbart."

Katharina setzte zögernd an: „Also, ähm, bevor ich das Berufliche erledige, habe ich eine private Frage an Sie, ähm…"

„Nur los, fragen Sie", ermunterte sie der freundliche Professor.

„Ähm, haben Sie eine Verwandte, die Brigitte heißt?"

„Ja, das ist der Name einer Cousine von mir, warum?"

Die Gedanken in Katharinas Kopf schlugen Purzelbäume: „Weil …, dann …, folglich …, Brigitte ist die Frau von meinem Cousin Peter!"

Schallendes Gelächter auf der anderen Seite des Telefons: „Das ist ja prima, dann sind wir ja quasi Schwipp-Cousin und Cousine."

Damit hatte Katharina gar nicht gerechnet und zögernd antwortete sie: „Gewissermaßen ja!"

„Dann werden wir nicht umhinkommen uns zu duzen. Ich bin der Michael!"

„Und ich die Katharina!"

„Und wenn wir schon miteinander ‚verwandt' sind, sollten wir unbedingt in Kontakt bleiben", erwiderte er lachend.

Als ob das Schicksal sicher gehen wollte, trafen sich die beiden kurze Zeit später wieder zufällig an einem der vielen Ausstellungsorte der Kunstveranstaltung.

Liebe auf dem ersten Foto

Marina war überall ausgesprochen beliebt. Ihre fröhliche Art und ihr Humor kamen ohne weiteres bei allen gut an.

Auch ohne Alkohol und Drogen besaß sie die Fähigkeit zu feiern und das bis in die Morgenstunden. Manchmal war sie aber auch der Clown der Gruppe. Sie liebte es, sich in die Fotoaufnahmen fremder Menschen oder Gruppen hinein zu drängen. War die Clique zum Beispiel in München unterwegs und sie sah, dass ein Unbekannter andere Leute oder eine Sehenswürdigkeit fotografierte, sprang sie ins Bild und machte dabei Faxen. Die meisten Freunde fanden dies überaus komisch und bestärkten sie teilweise noch darin. Bis sie eines Tages auf einem Foto landete, dass ihr ganzes Leben auf den Kopf stellte.

....

Thomas starrte das Foto immer wieder an. Er hatte das alte Rathaus am Marienplatz fotografiert. Allerdings war auf dem Foto zusätzlich eine junge Frau zu sehen, die lachend in die Kamera schaut und mit der Hand das Peace-Zeichen zeigte.

Dieses Mädchen strahlte etwas aus, dass Thomas fesselte und mit jeden vergangenen Tag verliebte er sich mehr in die unbekannte Schönheit.

Sein Verstand sagte ihm zwar, dass dies eine aussichtslose Liebe sei, denn wie sollte er sie unter 80 Millionen Deutschen je finden. Und womöglich war sie mit ihren dunklen langen Locken und den braunen Knopfaugen gar keine Einheimische.

So verging kaum ein Tag, an dem er nicht schmachtend ihr Foto betrachtete.

Als er sich dann dabei ertappte, dass er einem Arbeitskollegen das Foto zeigte und behauptete, die unbekannte Schönheit wäre seine Freundin, wurde ihm klar, dass er dringend etwas unternehmen musste. Ein Plan reifte in ihm und eines Tages setzte er ihn in die Tat um.

Er nutzte alle gängigen Sozialen Netzwerke, die er zur Verfügung hatte, stellte Annoncen in Zeitungen und ließ Plakate drucken: Immer mit dem Foto seiner Angebeteten. Der passende Text: 'Wo bist Du? Bitte melde Dich!' und 'Wer kennt diese junge Frau?'

Die Wochen vergingen und es gab keine Reaktion. All die Mühe, Zeit und Kosten schienen umsonst gewesen zu sein.

....

Marina sah ihr Foto überall und erschrak. Was wollte der Typ von ihr? War das ein Perverser, ein Spanner oder was hatte er vor?

Sie hatte allen ihren Freunden gesagt, dass sie nicht auf diese Nachricht antworten dürften. Hoffentlich hielten sich alle daran.

Die Suchaktion schien nicht enden zu wollen und so stellte sich Marina einige Fragen: Wer war der Mann, der soviel Zeit und Geld in die Suche nach ihr steckte? War er krank oder hatte er sich tatsächlich in sie verliebt, wie er es in den Sozialen Netzwerken behauptete? Aber wie war es möglich, sich in ein Mädchen auf einem Foto zu verlieben? Er wusste doch gar nichts über sie.

....

Thomas wollte nicht aufgeben. Er hatte bereits eine Menge Energie in die Suche gesteckt. Irgendetwas sagte ihm, dass er nicht klein beigeben durfte. Er weitete die Recherche auf Österreich und die Schweiz aus. Seine Freunde hielten ihn schon für 'plemplem'. Leise Zweifel kamen auch in ihm auf. War er verrückt? Er wusste doch gar nichts über diese Frau. Nicht auszuschließen, dass sie vielleicht sogar einen schrecklichen Charakter hat. Wenn er dann aber ihr Foto anschaute, bekam er wieder das Gefühl einer gewissen Vertrautheit.

....

Jetzt hatte sie genug, der Spuk musste endlich ein Ende haben. Mittlerweile redeten sie schon wildfremde Leute auf diese Such-aktion an. Sollte sie die Polizei einschalten? 'Nein, das bringt ja nichts', dachte sie. Also den Stier bei den Hörnern packen. Gesagt, getan: Sie schrieb ihn mit einer SMS an.

„Hallo Fremder, was willst Du von mir?", lautete die Botschaft an den jungen Mann.

….

Thomas traute seinen Augen nicht. Sie hatte ihm geschrieben. Jetzt nur nicht nervös wer-den, sonst würde er sie schneller verlieren, als er sie eventuell gewonnen hatte.

„Hallo, ich sollte mich erst einmal vor-stellen, damit Du weißt, mit was für einem Typen Du es zu tun hast." Ja, das klang nor-mal.

„Dann leg mal los", antwortete Marina skeptisch.

„Ich wohne in München, studiere Architek-tur an der Uni, bin 23 Jahre alt, Single, tierlieb, darum habe ich eine Katze, die sich in unserer WG ausgesprochen wohl fühlt. Ich habe so viele Hobbys, dass ich sie nicht alle aufzählen kann, ich erzähle Dir davon, falls wir uns mal treffen ;-) Du fragst Dich sicherlich, was mich zu dieser Aktion angetrieben hat. Und ehrlich – ich weiß auch nicht, was mich dazu gebracht hat. Stimmt nicht ganz: Als ich Dich auf meinem Foto sah, habe ich mich sofort in Dich verknallt. Das klingt superkitschig, aber es ist so. Dein herzhaftes Lachen, Dein neugieriger und freundlicher Blick in Deinen schönen Augen. Kurz: Es hat mich erwischt und ich würde gerne feststellen, ob Du wirklich so toll bist, wie ich glaube. Habe ich eine Chance?"

'Wow', dachte sich Marina, als sie diese Nachricht auf ihrem Handy las. 'So etwas hat mir noch nie ein Mann gesagt oder geschrieben! Vielleicht …?'

Und laut fügte sie hinzu: „Nein, du bist verrückt, liebe Marina, er ist ein Fremder!"

Etwas leiser folgte: „Aber wenn ich einen Mann in der Disco kennenlerne, ist er ja auch erst einmal ein Fremder!"

Sie gab sich einen Ruck und schrieb: „Okay, Du hast mich überzeugt. Wir könnten uns auf einen Kaffee in Schwabing treffen. Ich wohne übrigens auch in München. Mehr erzähl ich Dir dann."

….

Thomas konnte seinen Augen nicht trauen. Ein Jubelschrei lockte seine Mitbewohner an. Sie standen neben ihm, als er die Antwort schrieb: „Wie sieht es aus, hast Du am kommenden Samstag um drei Uhr Zeit? Im 'Café Zeitlos'?"

„Warum nicht. Ich glaube, es ist an der Zeit, dass wir mal miteinander von Angesicht zu Angesicht reden ;-) Ich komme!"

Thomas konnte sein Glück nicht fassen. So lange hatte er darauf gewartet. Die nächsten Tage wurden unerträglich für ihn. 'Wie kann man sich auch nur auf so etwas einlassen?', dachte er bei sich.

....

Marina wurde mit jedem Tag nervöser: 'Du blöde Kuh, warum lässt Du Dich auch auf so etwas ein', schalt sie sich.

„Egal, wer A sagt, muss auch B sagen", beruhigte sie sich selber. Mit wackeligen Beinen lief sie zu dem vereinbarten Treffpunkt. Doch als sie ihn sah, verflog alle Angst und sie spürte, dass es die richtige Entscheidung gewesen war.

Schneeweiß
die Flocken,
leicht und einzigartig
rieseln sie leise herab.
Weihnachtslandschaft

Dunkelrot
die Blütenblätter,
farbenprächtig und betörend,
erfreuen uns zur Weihnachtszeit.
Weihnachtsstern

Tannengrün
der Nadelbaum,
duftend und stolz,
aufgestellt und liebevoll geschmückt.
Weihnachtsbaum

Goldgelb
der Weihnachtsschmuck,
glänzend und edel,
schmückt er den Weihnachtsbaum.
Weihnachtskugel

Der Adventskalender

Wie jedes Jahr hatte Sabine bei der Aktion ‚Basteln eines Adventskalenders für bedürftige Kinder' mitgemacht. Schon Wochen vorher war sie durch die Stadt gelaufen und hatte in den vielen Geschäften Ausschau gehalten nach kleinen originellen Geschenken. Das war nicht ganz einfach, denn der Kalender erlaubte am Ende nur einen materiellen Wert von maximal dreißig Euro, damit alle Kinder einen gleichwertigen Kalender erhielten.

Dieses Jahr hatte sie es sich besonders schwer gemacht. Sie hatte geplant, einem dreizehnjährigen Jungen eine Freude zu machen.

Als sie durch die dunklen Straßen lief und ihre Schätze nach Hause trug, dachte sie über den Sinn eines Adventskalenders nach. Würden die Kinder dies überhaupt noch schätzen? Viele waren sehr verwöhnt und selbst die Ärmsten hatten gewisse Vorstellungen und Anforderungen.

Sabine seufzte, denn gerne bekäme sie auch einmal einen Adventskalender geschenkt, der ihr das Warten auf den einsamen Weihnachtsabend verkürzen würde. Sie überlegte, wann sie das letzte Mal einen bekommen hatte. Das musste schon vierzig Jahre her sein.

Ihre Mutter hatte ihr einen billigen Schokoladenkalender mit den Worten: „Nun bist du zu alt für so was, nächstes Jahr bekommst du keinen mehr!", in die Hand gedrückt. Sie war darüber so traurig gewesen, dass sie wochenlang heimlich weinte. Und als sie im nächsten Jahr tatsächlich keinen mehr bekam, beschloss sie, sich jedes Jahr selber einen zu basteln.

Sie malte ein weihnachtliches Bild, schnitt 24 Fenster hinein und legte ein Blatt darunter. Die kleinen Felder bemalte sie liebevoll mit winzigen Figuren. Dann klappte sie die Fenster zu. Natürlich wusste sie immer schon vorher, was dahinter sein würde. Aber das störte sie nicht.

Während sie am Kalender werkelte, kam ihr eine Idee: „Warum bastel ich mir nicht selbst auch so einen Adventskalender?"

Euphorisch spann sie diesen Gedanken weiter. Reichlich Zeit hatte sie nicht mehr, die Adventszeit begann schon in einer Woche. Bereits morgen würde sie nach der Arbeit mit der Suche nach passenden, kleinen Geschenken anfangen.

Voller Stolz betrachtete Sabine eine Woche später die beiden fertigen Kalender. Sie hatte zwei alte Kartoffelsäcke mit einer dicken roten Schleife zugebunden. An der Seite war ein riesiges Loch aus dem eine Schnur und das erste liebevoll eingepackte Geschenk herausschaute. Jeden Tag durfte man das Seil ein Stückchen weiter herausziehen, um so die begehrte Überraschung zu erhalten.

Einen Sack hängte sie sich in ihr Wohnzimmer, den anderen legte sie vorsichtig in den Korb. Am heutigen Abend fand die Adventsfeier im Gemeindehaus statt. Dort würden die Kinder bei selber gebackenen Plätzchen, Tee und vorweihnachtlicher Musik die Kalender überreicht bekommen. Mit jeder Minute freute sie sich mehr auf dieses Ereignis. Die beteiligten Frauen und Männer saßen an den hinteren Tischen, während sich die freudig wartenden Kinder davor setzten. Es wurde getuschelt und gelacht. Die Spannung wuchs mit jeder Minute.

Endlich war es soweit. Es ging los, eine junge Frau betrat die Bühne und es wurde mucksmäuschenstill. Alle lauschten ihrer spannenden Geschichte.

„Als ich vor zwanzig Jahren das erste Mal einen Adventskalender in der Hand hielt, das war genau hier, war ich unsagbar glücklich. Nie zuvor hatte ich so etwas geschenkt bekommen und noch dazu bekam ich einen besonders liebevoll gebastelten Kalender. Ich werde jenen Tag nie vergessen. Und: Ich habe ihn all die Zeit in einer Schachtel aufbewahrt."

Bei diesen Worten öffnete sie eine in die Jahre gekommene Box und zog ein aus Pappe gebautes, buntes Haus hervor. Auf der Vorderseite konnte man die Fenster und Türen öffnen und dahinter befanden sich 24 Kleinigkeiten.

Sabine vermochte es nicht zu glauben. Diesen Kalender hatte sie vor vielen Jahren angefertigt. Sie erinnerte sich genau daran, wie viel Arbeit er gemacht hatte. Aber das fünfjährige Kind, für den sie ihn damals baute, hatte erst kurz vorher die Mutter verloren. Deshalb gab sie sich besonders viel Mühe.

„Der Adventskalender hat mir zutiefst über den Tod meiner Mutter und die Trauer geholfen, die ich damals empfand. Und weil ich ein wenig des Glückes zurückgeben möchte, habe ich in diesem Jahr ebenfalls einen Kalender gebastelt und schenke ihn der Frau, die mir damals so geholfen hatte." Mit jenen Worten schritt sie auf Sabine zu, überreichte ihr ein Geschenk und nahm sie in den Arm.

Sabine konnte die Tränen nicht mehr zurückhalten und wischte sie verstohlen weg. Durch den Tränenschleier betrachtete sie freudig den kunstvollen Strauß aus Tannenzweigen, an dessen Ästen kleine, bunte Päckchen gebunden waren. Sie war zutiefst gerührt und gleichzeitig sehr glücklich.

Die etwas andere Weihnachtsgeschichte

Toby hatte so gar keine Lust auf das doofe Weihnachten. 'Babykram', dachte er bei sich. Jedes Jahr, wenn es in der Schule nur noch dieses ein Thema gab, würde er am Liebsten weit wegfahren. Nach Möglichkeit in ein fernes Land ohne Schnee und weihnachtliche Stimmung.

Dabei war es nicht immer so gewesen. Früher, als kleiner Junge, hatte er die Wochen vor Weihnachten geliebt. Wenn seine Mutter Plätzchen gebacken, abends Tee vor den angezündeten Kerzen des Adventskranzes gestellt und sie zusammen Weihnachtslieder gesungen hatten. Jeden Tag öffnete er ein Türchen vom selbst gebastelten Adventskalender seiner Mutter. Und am Wochenende, wenn der Vater endlich nach Hause gekommen war, er arbeitete während der Wochentage 500 Kilometer entfernt, waren sie über die Christkindlmärkte der Umgebung geschlendert.

Dann ist sein Vater schwer erkrankt, hatte seine Arbeit verloren und sie hatten aus dem Haus ausziehen und in eine kleine Drei-Zimmer-Wohnung einziehen müssen. Er hatte die Schule gewechselt und seine besten Freunde verloren. Die neuen Schulkameraden hänselten ihn. 'Looser!' oder 'Assi' haben sie ihm hinterher gerufen. Und das nur, weil er sich die teuren Klamotten nicht mehr leisten konnte.

Früher stand er auf der anderen Seite. Und er erinnerte sich noch ganz genau daran, dass er ebenfalls die Nase über die Sozial-schwachen gerümpft hatte.

Missmutig lief er durch den Regen nach Hause. Denn es graute ihn davor heimzukom-men. Seine Mutter, die immer mit verweinten Augen herumlief und sein übellauniger Vater, der bei seiner Arbeitssuche eine Absage nach der anderen bekam, wurden unerträglich für ihn.

Er stieß mit dem Fuß eine leere Cola Dose vom Gehweg. Ein Junge, etwa in seinem Alter, beobachtete ihn dabei. Er lächelte ihn an. Toby schaute grimmig zurück. Der Junge ließ sich aber nicht entmutigen und rief: „Heiße Halim. Du spielen?"

Toby dachte: ‚Oh, nein, so ein Flüchtling. Dazu habe ich überhaupt keine Lust.'

Heimlich gab er zum Teil ihnen die Schuld an der Arbeitslosigkeit seines Vaters.

„Hau ab", rief er wütend.

Doch der Angesprochene blieb ruhig stehen und hielt ihm seinen bunten Fußball hin. Toby betrachtete unauffällig den dunkelhaarigen Jungen.

'Sympathisch sieht er ja schon aus.' Toby überlegte. 'Sonst spielt ja keiner mehr mit mir. Warum nicht mit dem hier ein wenig Rum-bolzen?'

Der Nachmittag verflog für Tobys Geschmack viel zu schnell, denn die beiden Jungen hatten die ganze Zeit miteinander gelacht. Als sie sich voneinander verabschiedeten, spürte Toby, dass er einen neuen Freund gefunden hatte. Er rannte nach Hause und erzählte zum ersten Mal seit langer Zeit mit strahlenden Augen den Eltern von seinem neuen Spielkameraden. Lächelnd streichelte die Mutter ihm über den Kopf. Der Vater wirkte erleichtert. So glücklich hatten sie ihren Sohn schon seit Monaten nicht mehr gesehen.

Toby und Halim trafen sich jeden Tag nach der Schule. Eines Tages sagte Halim, dass seine Eltern einmal Tobys Vater und Mutter einladen und bewirten möchten. Erst zögerten sie, doch dann, eine Woche vor Weihnachten, nahmen sie die Einladung an. Halims Familie lebte in einem kleinen Raum zusammen in einem Haus mit fünf weiteren Personengruppen. Trotz der Enge hatten sie liebevoll den Tisch mit syrischen Köstlichkeiten gedeckt.

Der Vater von Halim, ein Arzt, sprach ausgezeichnet Englisch und die Mutter, eine Architektin, konnte sich ebenfalls mühelos verständigen. Der Nachmittag verstrich wieder einmal zu schnell und man versprach, sich bald erneut zu treffen.

Zuhause angekommen redeten die Eltern lange über den vergangenen Tag und ihnen wurde bewusst, dass sie trotz allem nicht schlecht da standen.

Plötzlich rief die Mutter: „Was haltet ihr davon, wenn wir die drei am Weihnachtsabend zu uns einladen?"

Der Vater überlegte: „Können wir sie denn zu einem christlichen Fest einladen?"

„Warum denn nicht?", erwiderte die Mutter.

„Ja bitte, dann habe ich jemanden zum Spielen", rief Toby begeistert, der sich endlich wieder auf das bevorstehende Weihnachtsfest freute.

Wie Gisela der Engel der Einsamen wurde

Gisela war es leid am Weihnachtsabend allein und einsam herumzuhängen. Sie öffnete ihre beste Flasche Rotwein, setzte sich auf ihren Balkon und genoss den Ausblick auf die hell erleuchtete Stadt. Es war für November um einiges zu mild, aber ihr gefiel das.

Ihre Gedanken schweiften zurück zu dem nahenden Fest. Sie seufzte: 'Mit wem konnte sie den Abend nur verbringen?' Im Geiste begann sie Freunde und Kollegen durchzugehen, aber am Ende war sie doch wieder allein.

Ihr Blick fiel hinunter auf die Straße und sie beobachtete einen Obdachlosen, der den Müll nach Essbarem durchsuchte.

Schlagartig war sie da, die Idee! Sie würde eine Armenspeisung am Heiligen Abend organisieren. Ihr Gesicht glühte vor Erregung. Schnell holte sie einen Notizblock und einen Stift und schrieb alles auf, was ihr hierzu in den Sinn kam.

Die nächsten Wochen vergingen wie im Flug und Gisela war auf sich selbst stolz.

„Was ich so alles in die Wege geleitet habe", raunte sie ihrem Spiegelbild im Badezimmer zu und lächelte dabei glücklich.

Sie hatte viele Sponsoren gefunden: einen Catering Service, einen Getränkemarkt, eine Druckerei. Einen Raum gleich ums Eck des Christkindlmarktes hatte sie ebenfalls mietfrei zur Verfügung gestellt bekommen. Das Beste daran war, dass alle Sponsoren kein Honorar und nichts für die Speisen und Getränke verlangten.

Als kleine Gegenleistung wünschten sie sich nur eine Ankündigung in der Tageszeitung. Kein Problem für Gisela, sie hatte schließlich beste Kontakte zu einem Journalisten.

Für Gisela war die Adventszeit in diesem Jahr viel zu schnell vergangen. Erschöpft, aber mit sich selber zufrieden, betrachtete sie den ehemals schmucklosen und tristen Raum. Vier lange Tafeln standen liebevoll geschmückt und eingedeckt vor einer großen Theke, auf der die Speisen dekorativ angerichtet waren. Festliche Kerzen, die im ganzen Zimmer verteilt leuchteten, warfen ein heimeliges Licht an die weihnachtlich geschmückten Wände. Es duftete nach Zimt und Glühwein.

Zaghaft traten die ersten Gäste ein. Eine Familie mit vier kleinen Kindern drückte sich verlegen an die Eingangstür. Strahlende Kinderaugen inspizierten neugierig den festlichen Raum. Gisela trat freundlich auf die kleine Gruppe zu und forderte sie auf, sich einen geeigneten Platz zu suchen.

Nochmals öffnete sich die Tür und zwei junge Mädchen, die an diesem Tag ihre Hilfe angeboten hatten, stürmten lachend und schwatzend herein.

Im Handumdrehen füllte sich der Saal mit Menschen jeder Altersklasse. Gisela entdeckte einige Familien, aber ebenso einsame, ältere Leute. Dazwischen immer wieder Flüchtlinge, die sie an ihrem Akzent oder der Hautfarbe erkannte.

Das fleißige und motivierte Catering Team hatte bei der Ausgabe der Köstlichkeiten alle Hände voll zu tun. Gisela schaute zufrieden in die gesellige Runde. Dieses Jahr fühlte sie sich endlich einmal nicht einsam und allein.

Als sie einen lauten Knall vernahm, erschrak sie und schaute zur Tür. Eine johlende Schar, offensichtlich betrunkener Jugendlicher, stürzte in den Raum und schrie: „Die Penner essen auf unsere Kosten!"

Alle waren starr vor Schreck, als die Jugendlichen auch noch begannen zu randalieren. Innerhalb kürzester Zeit hatten sie alles kurz und klein geschlagen: Tische und Stühle lagen umgestürzt am Boden, der übersät war mit Essen und Scherben.

„Die sollen besser arbeiten gehen, nicht fressen!", rief ein torkelnder Junge und ein anderer schupste einen alten Mann mit den Worten „Saupack!" in die Ecke.

Die völlig verängstigten Gäste drückten sich eingeschüchtert an die Wände, weinende Kinder versteckten sich hinter ihren Eltern. Gisela versuchte, sich der randalierenden

Meute entgegenzustellen, wurde aber von einem Halbstarken zu Boden geworfen. Mit schmerzendem Handgelenk versuchte sie wieder aufzustehen.

Plötzlich hörte man die Sirenen. Eines der jungen Mädchen hatte unauffällig die Polizei angerufen.

Wenig später war alles vorbei, die Ordnungshüter kümmerten sich um die Anwesenden und stellten einige Fragen. Gisela gelang es kaum zu sprechen, Tränen liefen über ihre Wange. 'Wie konnte das alles nur passieren', fragte sie sich und eine junge Mutter meinte mit traurigem Blick: „Wir sind halt doch nur der Abschaum der Gesellschaft."

Da erwachten in Gisela die Lebensgeister und sie rief: „Wir lassen uns doch nicht den Abend durch so ein paar Idioten vermiesen. Lasst uns retten, was es zu retten gibt!"

Mit diesen Worten forderte sie die Versammelten auf die Tische und Stühle wieder hinzustellen. Vom köstlichen Essen war leider nicht mehr allzu viel übrig. Gisela schaute traurig auf die kläglichen Reste, als die Tür aufsprang und eine Gruppe Jugendlicher mit lustigen Nikolausmützen hereinschneite: „Wir haben von der Randale hier erfahren und kommen, um euch zu helfen", erklärte ein junger Mann. Bevor Gisela überhaupt begriff, was geschah, hatte die Clique in Windeseile den Raum wieder so gemütlich wie möglich hergerichtet: Schalen mit Lebkuchen, Plätzchen, Nüssen und Obst aufgestellt und die Kerzen angezündet. Der Duft von frisch gerösteten Maronen durchströmte den Raum. Weitere Jugendliche betraten das Zimmer, beladen mit Tabletts und Speisebehältern.

„Wir haben bei den Betreibern der Christkindlmarktbuden um Spenden gebeten. Die waren alle überaus großzügig", erklärte der sympathische Mann.

Zu später Stunde betrachtete Gisela zufrieden ihre Gäste. Ein kleiner Junge schlief friedlich im Arm seiner Mutter, die glücklich an der Schulter ihres Mannes angelehnt war. Ein fast zahnloser alter Greis, der sich mit einer jungen Helferin unterhielt, und ein anderer Helfer, der mit einem Afrikaner im Gespräch vertieft war.

'Heimeliger vermochte ein christliches Fest nicht zu sein', dachte sie bei sich, als der alte Mann rief: „Ein Prost auf unseren Engel Gisela!"

Wieder einmal Weihnachten ohne Vater

Besorgt betrachtete die Mutter unauffällig ihren Sohn. In den letzten Wochen hatte er sich immer mehr zurückgezogen. Und sie konnte machen, was sie wollte, er rückte einfach nicht damit heraus, was ihn bedrückte. Selbst seine Zwillingsschwester kam nicht an ihn heran.

„Ich habe einen Arzttermin für dich ausgemacht", sagte die Mutter nach dem Essen zu ihm. Da fing ihr Sohn plötzlich an zu weinen. Bestürzt nahm sie ihn in den Arm. Und unerwartet sprudelte es nur so aus dem kleinen Kerl heraus.

Er machte sich Sorgen um den Vater. Immer wieder musste dieser monatelang in ein Krisengebiet. Monate, in denen er seinen geliebten Papa, wenn er Glück hatte, nur am Telefon hören oder manchmal mittels Videotelefon sehen konnte. Die Erwachsenen verstanden ihn in seinem Kummer nicht. Sein Lehrer sagte erst neulich, dass Afghanistan nicht mehr gefährlich sei. Aber er hatte sich mit seinen zehn Jahren im Internet schlau gemacht und wusste ganz genau, dass diese Länder nach wie vor gefährlich waren.

In der Nacht träumte er immer so schreckliche Dinge. Dann sah er seinen Vater, tot, von einer Bombe in dutzende Teile zerrissen. Keiner konnte ihn trösten. Nicht die Mutter und auch nicht seine Schwester. Die glaubten eher den Beschönigungen der anderen Leute.

An Weihnachten würde sein Vater wieder einmal nicht da sein. Das war dann schon das vierte Mal, dass er nur mit der Mutter und mit der Schwester feiern würde. Seine Mama gab sich zwar immer viel Mühe, aber ohne den geliebten Vater war Weihnachten nicht Weihnachten.

Seine besorgte Mutter seufzte tief, sah ihren Sohn an und wischte sich heimlich eine Träne weg. Auch sie vermisste ihren Ehemann schmerzlich und fragte sich, wie oft sie das alles noch ertragen musste. So hatte sie sich ihr Leben nicht vorgestellt. Die Angst um ihren Mann quälte sie. Aber sie erlaubte sich keine Schwäche, nicht vor den Kindern. Die litten unvermeidlicherweise schon viel zu viel.

Aber jetzt, als ihr Sohn endlich redete, konnte sie sich nicht mehr zurückhalten. Zuerst versuchte sie, ihren Sohn zu trösten: „Papa kommt bald heim und du wirst sehen: Alles wird gut!"

Schon als sie diese Worte aussprach, wusste sie, dass es wieder nur eine Floskel war. Plötzlich konnte sie sich nicht mehr zusammenreißen und fing ebenfalls hemmungslos an zu weinen.

Die Tür öffnete sich und die Tochter kam herein. Als sie die beiden sah, fragte sie erschrocken:

„Ist Papa etwas passiert?"

„Nein, nein", erwiderte die Mutter schnell.

„Es ist nur, dass wir ihn so schrecklich vermissen." Die drei umarmten sich liebevoll, weinten und trösteten sich gegenseitig.

Irgendwann schliefen sie erschöpft auf dem Fußboden des Kinderzimmers ein.

Als die Mutter nach einiger Zeit aufwachte, holte sie Decken und Kissen und deckte die Kinder fürsorglich zu. Da klingelte plötzlich das Telefon. Sie war beunruhigt. Wer rief denn mitten in der Nacht an?

Als die Mutter auflegte, wusste sie nicht, ob sie weinen oder lachen sollte. Das eben Gehörte war so schrecklich und dennoch war sie bloß erleichtert.

Ihr Mann hatte ein Attentat leicht verletzt überlebt. Auf einer Patrouillenfahrt hatte sich eine Gruppe Attentäter in die Luft gesprengt. Dabei starben zwei Soldaten, zwei wurden schwer verletzt und schwebten noch in Lebensgefahr und etliche waren leicht verwundet worden.

In den nächsten Tagen würde ihr Mann zurückkommen. Für ihn war der Auslandseinsatz vorzeitig beendet.

Sie mochte sich gar nicht den Kummer der anderen Familien ausmalen. Sie war nur froh, dass es nicht sie getroffen hatte. Und doch plagte sie das schlechte Gewissen. Aber dann siegte nur die Freude darüber, dass es ihrem

Mann relativ gut ging und dass er nach Hause kam.

Die Freude über die Rückkehr des Vaters überwog in der kommenden Zeit das Gefühl der Hilflosigkeit. Natürlich dachten sie an die anderen Familien und hatten sehr viel Mitgefühl.

Immer wieder redeten die Eltern gemeinsam mit den Zwillingen über die vergangenen schrecklichen Ereignisse.

„Musst du wieder weg?", fragte die Tochter mit piepsiger Stimme. Angst stand in ihren Augen. Der Vater schluckte, bevor er antwortete: „Erst einmal nicht. Aber ihr beide seid schon groß und ich möchte deswegen ehrlich mit euch sein!", er räusperte sich.

„Ich bin Soldat. Das ist mein Beruf. Dennoch werde ich alles dafür tun, die nächsten Jahre nicht wegzugehen." Der Junge fing leise an zu weinen. Da ergriff die Mutter das Wort: „Papa war mittlerweile schon so oft in einem Auslandseinsatz und jetzt nach dem überstandenen Attentat, da werden die Vorgesetzten Rücksicht auf ihn nehmen."

Der Vater nahm seinen Sohn in den Arm und griff mit der anderen Hand nach seiner Tochter: „Ich werde alles dafür machen, dass ich nicht so schnell weg muss. Und wenn, dann in eine Region, die nicht so gefährlich ist."

Die kommenden Tage redeten sie lange über dieses Thema, langsam beruhigten sich die Kinder und fingen an sich auf das bevorstehende Weihnachten zu freuen. Immer öfter sah man sie wieder herzhaft lachen. Zwei Wochen später überlegten sich die Eltern, wie sie das überraschende, gemeinsame Weihnachtsfest für die Kinder gestalten könnten.

„Unsere Kinder haben genug gelitten in der letzten Zeit. Was meinst du, Schatz? Wie bereiten wir ihnen eine besondere Freude?", fragte der Vater seine Frau.

Nach langen Überlegungen hatten sie sich etwas Ausgefallenes ausgedacht. Die Kinder verweilten bei Freunden und die Eltern bauten in der Zwischenzeit ein Zelt im Garten auf. Davor stellten sie den Christbaum. Während die Mutter diesen mit Äpfeln, Strohsternen und bunten Lutschern schmückte, richtete der Vater eine Feuerstelle für das Lagerfeuer her. Im Zelt wurde die Krippe aufgebaut und liebevoll die Geschenke daneben gelegt. Überall lagen flauschige Kissen und Decken. Am Zeltdach blinkten leuchtende Sterne und der Vater baute eine kleine Musikanlage auf.

Als die Kinder nach Hause kamen und von den Eltern in den Garten geführt wurden, blieben sie mit offenen Mund stehen.

Der Vater streckte ihnen wortlos Holzäste mit aufgespießten Würstchen und Brotteig entgegen und wies die Plätze vor dem Feuer zu. Im Hintergrund hörten sie die weihnachtlichen Klänge und die lächelnde Mutter erzählte leise die schönsten Weihnachtsmärchen. Es wurde ein unvergessliches Weihnachtsfest.

Bisher erschienen:

Sehnsucht nach Rom und Heimweh nach Bayern
- Kurzgeschichten -

Die Autorin erzählt von den Erlebnissen in zwei verschiedenen Welten, die gar nicht so verschieden sind. Sehnsüchte, Ängste, Liebe, Lustiges und Trauriges findet man auf beiden Seiten der Grenze.

216 Seiten / 9,99 € / **ISBN: 978-3-741-25624-0**

Reise ihres Lebens
- Roman -

Frühjahr 2034: Eva weiß, dass sie alles vergessen wird. Doch bevor dies geschieht, überredet sie ihre Enkelin Stella zur 'Reise ihres Lebens'. Eva möchte ihrer Enkelin die wichtigsten Stationen ihres Lebens zeigen. Stella erfährt einiges über politische Unruhen in Italien und Deutschland, Umweltprobleme und Naturkatastrophen in den Jahren von 1980 bis 2034, sowie über die Tabuthemen Homosexualität, Drogen und Scheinmoral. Zu kurz kommen auch nicht die italienische Lebensfreude, die Kultur Italiens und die Gewissheit, dass Freundschaften Jahrzehnte überdauern können.

424 Seiten / 14,95 € / **ISBN: 978-3-743-18931-7**